SV

Christopher Hampton
Gefährliche Liebschaften

Schauspiel nach dem Roman von
Pierre-Ambroise-François
Choderlos de Laclos

Aus dem Englischen von
Alissa und Martin Walser

Suhrkamp Verlag

Erste Auflage 1989

Druck: Wagner GmbH, Nördlingen
Printed in Germany

Gefährliche Liebschaften

Personen:
Marquise de Merteuil · Madame de Volanges · Cécile de Volanges · Vicomte de Valmont · Azolan, Valmonts Kammerdiener · Madame de Rosemonde · Präsidentin de Tourvel · Émilie, eine Prostituierte · Chevalier Danceny

Verschiedene Diener in den Haushalten Merteuil, Rosemonde, Tourvel und Valmont.
Die Handlung findet statt in verschiedenen Salons und Schlafzimmern in Stadthäusern und Schlössern in und um Paris; und im Bois de Vincennes, in einem Herbst und Winter in den 1780ern.

1. Akt

1.

Ein warmer Augustabend. Der große Salon in Marquise de Merteuils Pariser Stadthaus. Die Marquise, eine angesehene Witwe mit beträchtlichem Vermögen, spielt Pikett mit ihrer Cousine, Madame de Volanges, die selbst eine Witwe ist. Neben Madame de Volanges sitzt deren Tochter Cécile, ein schlankes, attraktives Mädchen von fünfzehn Jahren, das beide beim Spielen beobachtet und höflich ein gelegentliches Gähnen unterdrückt. Manches deutet auf großen Reichtum hin. Die großen Spielkarten klatschen aufeinander. Merteuil unterbricht das Spiel, um Cécile sorgfältig zu mustern. Die Musik geht langsam zurück.

MERTEUIL Na ja, warum auch nicht!

Cécile, die gerade tagträumte, fährt zusammen, eine Sekunde lang nicht ganz sicher, ob sie gemeint ist.

MERTEUIL Du hast also dem Kloster endgültig adieu gesagt.

CÉCILE Ja, Madame.

MERTEUIL Und wie kommst du mit der Welt zurecht?

CÉCILE Sehr gut, glaube ich. Es ist aufregend, selber ein Schlafzimmer zu haben und einen Ankleideraum.

VOLANGES Ich habe ihr geraten, aufzupassen, zu lernen und still zu sein, außer wenn sie angesprochen wird. Sie bringt natürlich immer noch viel durcheinander. Gestern meinte sie, mein Schuhmacher sei zum Essen geladen.

CÉCILE So war es nicht, Mama, aber als er auf die Knie fiel und meinen Fuß ergriff, das erschreckte mich.

MERTEUIL Du dachtest natürlich, er sei drauf und dran, dir einen Heiratsantrag zu machen.

CÉCILE Ich ...

Sie bricht ab, errötend.

MERTEUIL Keine Angst, mein Kind, daran wirst du dich bald gewöhnen. Wir werden uns schon was einfallen lassen zu deiner Unterhaltung.

Das Spiel wird fortgesetzt. Schweigen. Nach einer Weile erscheint Merteuils Majordomus, geht ohne Eile durch das Zimmer und murmelt etwas in Merteuils Ohr.

MERTEUIL Oh, sehr gut, führ ihn herauf.

Der Majordomus verbeugt sich und geht ab. Merteuil dreht sich wieder den anderen zu.

MERTEUIL Valmont ist da.

VOLANGES Und Sie empfangen ihn?

MERTEUIL Ja. Sie doch auch.

VOLANGES Ich dachte, daß es unter diesen Umständen vielleicht ...

MERTEUIL Unter welchen Umständen? Ich glaube nicht, daß ich einen Grund habe, mir etwas vorzuwerfen ...

VOLANGES Im Gegenteil.

MERTEUIL ... und, hätte ich einen, käme Valmont doch nicht mehr hierher.

Cécile ist diesem Wortwechsel aufmerksam gefolgt, sie runzelt die Stirn vor Anstrengung, den Sinn zu erfassen. Jetzt wendet sich Madame de Volanges an sie.

VOLANGES Der Vicomte de Valmont, mein Kind, den du sicher samt all seinem Charme längst vergessen hast, macht seinen Mund nie auf, ohne vorher zu berechnen, welchen Schaden er anrichten kann.

CÉCILE Warum empfängst du ihn dann, Mama?

VOLANGES Alle empfangen ihn. Gute Herkunft, großes Vermögen, eine sehr angenehme Art. Du wirst bald sehen, die Gesellschaft strotzt vor solchen Inkonsequenzen. Sie sind uns bewußt, wir bejammern sie und wir passen uns ihnen an. Außerdem haben die Leute mit Recht Angst davor, seine Bosheit zu reizen. Keiner hat auch nur die geringste Achtung vor ihm.

Sie bricht ab, als der Majordomus erscheint, der den Vicomte de Valmont, eine auffallend elegante Erscheinung, hereinbegleitet. Valmont geht durch den Raum und verbeugt sich formvoll vor Merteuil, eine Geste, die auch die anderen einbezieht.

VALMONT Madame.

MERTEUIL Vicomte.

VOLANGES Sie erinnern sich an meine Tochter Cécile.

VALMONT Tja, in der Tat, aber wer hätte vorhersagen können, daß sie zu solcher Anmut erblühen würde?

Cécile lächelt affektiert und schaut weg. Valmont wendet sich wieder an Merteuil.

VALMONT Ich wollte Sie noch sehen, bevor ich die Stadt verlasse.

MERTEUIL Aber vielleicht lassen wir Sie gar nicht gehen. Warum wollen Sie überhaupt fort?

VALMONT Paris im August, nicht wahr, und es wird Zeit, daß ich meiner alten Tante einen Besuch abstatte, ich habe sie schändlich vernachlässigt.

MERTEUIL Ihre Tante schätze ich sehr. Sie hat soviel übrig für Jüngere, daß sie dadurch selbst jung geblieben ist. Trotzdem...

VOLANGES Bitte, grüßen Sie Madame de Rosemonde ganz herzlich von uns. Sie war so lieb, uns in ihr Schloß einzuladen, ich hoffe, daß wir, vielleicht etwas später...

VALMONT Ich werde es mir angelegen sein lassen, Madame. Bitte, lassen Sie sich durch mich nicht in Ihrem Spiel stören.

VOLANGES Ich habe eigentlich genug verloren für diesen Abend.

In der nachfolgenden Pause bemerken sie, daß Cécile fest eingeschlafen ist.

VALMONT Ihre Tochter findet unsere Unterhaltung offensichtlich sehr spannend.

Er lacht und Merteuil fällt ein in sein Lachen, wodurch Cécile auf einmal und verwirrt aufwacht.

CÉCILE Oh, es tut mir leid, ich...

VOLANGES Ich glaube, es ist Zeit, dich nach Hause zu bringen.

CÉCILE Vom Kloster her bin ich gewohnt, um neun Uhr im Bett zu liegen und zu schlafen.

VALMONT Das wollen wir hoffen.

Die Damen haben sich inzwischen erhoben, und Merteuil winkt einem Bedienten, der kommt, um Madame de Volanges und Cécile aus dem Raum zu begleiten. Allgemeines Grüßen. Valmont hat sich verbeugt und wartet nun, etwas abseits.

Schließlich geht Merteuil zu ihm zurück. Sie sind mit einander alleine und schauen sich eine Weile an, bevor Merteuil, in einem ganz anderen Ton, zu sprechen beginnt.

MERTEUIL Deine Tante?

VALMONT Richtig.

MERTEUIL Warum bloß? Ich dachte, daß du das ganze Geld erbst, sei schon geregelt.

VALMONT Ist auch. Es gibt da noch andere Rücksichten. Familienverpflichtung. Und dergleichen.

MERTEUIL Weißt du, warum ich dich heute abend herbestellt habe?

VALMONT Um meine Gegenwart zu genießen. Habe ich gehofft.

MERTEUIL Ich brauche dich; eine gewaltige Aufgabe. Etwas für deine Memoiren.

VALMONT Werde ich je die Zeit finden, meine Memoiren zu schreiben!

MERTEUIL Dann werde ich sie schreiben.

Stille. Valmont lächelt sie an.

MERTEUIL Weißt du noch, wie Gercourt mich verließ?

VALMONT Ja.

MERTEUIL Und sich davonmachte mit dieser fetten Geliebten von dir, deren Name mir nicht einfällt.

VALMONT Ja, ja.

MERTEUIL Das hat mir noch keiner angetan. Dir auch nicht, glaube ich.

VALMONT Offengestanden, ich war ganz froh, daß ich sie los war.

MERTEUIL Das warst du nicht.

Stille.

MERTEUIL Dieser platte plumpe Gercourt! Am liebsten redete er darüber, welche Sorte Frau er sich aussuchen werde, wenn es Zeit sei für ihn, sich, wie er es ausdrückte, zur Ruhe zu setzen.

VALMONT Ja.

MERTEUIL Dann diese lächerliche Theorie, daß Blondinen von Natur aus bescheidener und anständiger seien als jede andere

Sorte Mädchen, und ebenso glaubte er, etwas Besseres als Klostererziehung gebe es nicht. Jetzt hat er das ideale Exemplar gefunden.

VALMONT Cécile Volanges?

MERTEUIL Genau.

VALMONT Ihre sechzigtausend pro Jahr dürften auch eine Rolle gespielt haben in seinen Überlegungen.

MERTEUIL Und ich sage dir, wenn sie eine aus dem Kloster entlaufene Brünette wäre, könnte sie zweimal so viel wert sein, er würde sich nicht umdrehen nach ihr. Seine Bedingung Nummer eins ist die garantierte Unberührtheit.

VALMONT Könnte es sein, daß ich allmählich ahne, was du mir vorschlagen willst?

MERTEUIL Gercourt ist mit seinem Regiment in Korsika, bis Oktober. Das müßte dir eigentlich reichen.

VALMONT Du meinst, um ...?

MERTEUIL Sie ist ein Rosenknöspchen.

VALMONT Findest du?

MERTEUIL Er würde dann von seinen Flitterwochen zurückkommen, ausgelacht von ganz Paris.

VALMONT Schön.

MERTEUIL Ja. Liebe und Rache. Deine Spezialitäten.

Stille. Valmont denkt einen Augenblick darüber nach. Schließlich schüttelt er den Kopf, lächelnd.

VALMONT Nein, ich kann nicht.

MERTEUIL Wie bitte?

VALMONT Du weißt, wie schwer es für mich ist, einem Befehl von dir nicht zu gehorchen. Aber wirklich, ich kann nicht.

MERTEUIL Warum nicht?

VALMONT Es ist zu leicht. Ja, wirklich. Was ist sie, fünfzehn, nichts gesehen, weiß nichts, verrückt vor Neugier, läge auf dem Rücken, bevor man die ersten Blumen ausgewickelt hätte. Jeder Hergelaufene schafft die. Ich muß an meinen Ruf denken.

MERTEUIL Ich glaube, du unterschätzt sie. Sie ist sehr hübsch und sie hat so eine vielversprechende Art Schmacht an sich.

VALMONT Du meinst, sie schläft oft ein? Na ja, vielleicht wäre dein Belleroche der Mann für sie.

MERTEUIL Belleroche ist ein Idealist.

VALMONT So ein Pech. Daß etwas nicht stimmt mit ihm, habe ich geahnt.

MERTEUIL Es gibt jemanden, der sie schon erobert hat: der junge Danceny. Der ist ganz versessen drauf, Duette zu singen mit ihr.

VALMONT Und du glaubst, er würde gerne zu intimeren Tonarten übergehen?

MERTEUIL Ja, aber er ist so ängstlich und unerfahren wie sie, wir können uns nicht auf ihn verlassen. Du siehst also, ohne dich geht es nicht.

VALMONT Nichts ist mir so zuwider, wie dich enttäuschen zu müssen.

MERTEUIL Du willst mir also einen Korb geben, ja?

Stille. Valmont schaut sie an.

VALMONT Ich sehe schon, ich werde dir alles erzählen müssen.

MERTEUIL Das glaube ich auch.

VALMONT Ja. Also. Meine Fahrt aufs Land, um meine mehr oder weniger unsterbliche Tante zu besuchen. Tatsache ist, daß ich da einen Plan verfolge, der mich noch mehr verfolgt als ich ihn.

MERTEUIL Nur weiter.

VALMONT Also. Meine Tante ist nicht allein zur Zeit. Eine junge Freundin wohnt bei ihr. Madame de Tourvel.

MERTEUIL Ja.

VALMONT Sie ist mein Plan.

MERTEUIL Das kann nicht dein Ernst sein.

VALMONT Warum nicht? Eine Frau zu verführen, die berühmt ist für ihre strenge Moral, ihren religiösen Eifer und ihre glückliche Ehe: etwas, was mehr Prestige bringt, gibt's einfach nicht.

MERTEUIL Einen Ehemann als Rivalen, das finde ich wirklich zu billig. Schaffst du's nicht, bist du blamiert. Schaffst du's, ist es trivial. Wo ist denn er?

VALMONT Er klärt irgendeinen undurchschaubaren Fall in Burgund, der sich, wie ich aus zuverlässiger Quelle weiß, über Monate hinziehen wird.

MERTEUIL Es ist kaum zu glauben. Abgesehen von allem anderen ist sie eine solche Vogelscheuche. Korsette bis zu den Ohren, falls ein Fleckchen Fleisch sichtbar würde...

VALMONT Stimmt. Sie kleidet sich miserabel.

MERTEUIL Wie alt ist sie?

VALMONT Zweiundzwanzig.

MERTEUIL Und verheiratet seit...?

VALMONT Seit zwei Jahren.

MERTEUIL Sogar wenn du es schaffst, du weißt, dann...

VALMONT Was?

MERTEUIL Alles was du von ihr kriegst, ist, was sie ihrem Mann auch bietet: ich glaube nicht, daß du aus der wirklich Lust herauswirtschaften kannst. Solche wie die lassen sich nie gehen. Wenn du es schaffst, daß ihr Herz schneller schlägt, dann nicht aus Liebe, sondern vor Angst. Manchmal wundere ich mich über dich, Vicomte. Sich so zum Narren machen für eine Null?

VALMONT Paß auf jetzt, du sprichst über die Frau, der...

MERTEUIL Ja?

VALMONT Der mein Herz gehört.

Stille. Er lächelt sie an.

VALMONT Ein solches Gefühl habe ich nicht mehr gekannt, seit du und ich zusammen waren.

MERTEUIL Und diese wunderbare Gelegenheit zur Rache läßt du einfach ungenutzt?

VALMONT Muß ich wohl.

MERTEUIL Du mußt nicht. Ich werde keinem von deiner grotesken Verirrung erzählen.

VALMONT Ich glaube, du mußt wenigstens warten, bis ich sie gehabt habe, bevor ich dir erlauben kann, sie zu beleidigen. Und deiner Lust-Theorie kann ich nicht zustimmen. Ich bitte dich, ich habe doch nicht vor, ihre Vorurteile zu knacken. Ich will, daß sie an Gott glaubt und an Tugend und an die

Heiligkeit der Ehe und daß sie sich trotzdem nicht beherrschen kann. Das heißt, ich will Leidenschaft. Nicht unsere Sorte, die so kalt wie oberflächlich ist. Die macht mir keinen Spaß mehr. Nein. Ich will die Erregung, wenn ich ihr zuschaue, wie sie alles, was ihr wirklich teuer ist, verrät. Das verstehst du doch. Ist nicht Verrat dein Lieblingswort?

MERTEUIL Nein, nein, Grausamkeit, ich finde, das ist um eine Nuance vornehmer.

VALMONT Du bist schrecklich, du bist hundertmal schlimmer als ich jemals sein werde. Seit wir diese kleine Mission betreiben, hast du viel viel mehr Menschen bekehrt als ich, neben dir bin ich ein Amateur.

MERTEUIL Das bist du auch; wirklich, du könntest genausogut verliebt sein.

VALMONT Ja, wenn das Liebe ist, den ganzen Tag an nichts anderes denken, die ganze Nacht von nichts anderem träumen können, dann bin ich's vielleicht: deshalb muß ich sie haben, damit ich herauskomme aus dieser lächerlichen Lage.

MERTEUIL Liebe ist etwas, was man benutzt, nicht etwas, dem man verfällt, hast du das vergessen? Sie ist wie Medizin, man braucht sie, um die Triebe auf Trab zu bringen.

Sie sehen einander an.

VALMONT Wie geht's Belleroche?

MERTEUIL Na ja, der ist verliebt. Ich fand, es sei Zeit, Schluß zu machen, letzte Woche, ich versuchte, einen Krach zu inszenieren, aber er machte ein solches Jammergesicht, daß ich wieder weich wurde, und wir hatten die schönste Nacht, seit wir uns kennen. Jetzt ist er natürlich zudringlicher denn je. Ich halte ihn auf Distanz, weil es mir wirklich Spaß macht mit ihm. Er hat noch nicht kapiert, daß man sich Exzesse für die aufspart, die man verlassen will.

VALMONT Aber willst du ihn nicht verlassen?

MERTEUIL Nein, ich sag dir doch, im Augenblick macht es mir wirklich Spaß mit ihm.

VALMONT Und er ist zur Zeit dein einziger Liebhaber?

MERTEUIL Ja.

VALMONT Ich finde, du bräuchtest noch einen. Diese Ausschließlichkeit ist sehr ungesund, finde ich.

MERTEUIL Du bist nicht etwa eifersüchtig?

VALMONT Doch, natürlich. Belleroche ist total unwürdig.

MERTEUIL Ich dachte, er sei einer deiner engsten Freunde.

VALMONT Deshalb weiß ich, wovon ich spreche. Ich glaube, du solltest eine kleine Untreue inszenieren. Mit mir, zum Beispiel.

MERTEUIL Wir haben uns doch entschieden, es sei viel wichtiger, unsere Freundschaft zu erhalten, einander absolut vertrauen zu können.

VALMONT Bist du sicher, daß das nicht nur ein Mittel zur Lusterhöhung war?

MERTEUIL Du lehnst es ab, mir einen kleinen Gefallen zu tun, und ich soll dich verwöhnen, ja!

VALMONT Nur weil es zu simpel ist. Keine Spur von Eroberung. Ich muß meiner Bestimmung folgen, verstehst du. Ich habe einen Ruf zu verlieren.

MERTEUIL Schön...

Lange Stille. Sie sehen einander an, Merteuil amüsiert, Valmont begierig.

MERTEUIL Dann also, komm wieder, wenn du Madame de Tourvel geschafft hast.

VALMONT Ja?

MERTEUIL Dann werde ich dich... belohnen.

VALMONT Meine Liebe.

MERTEUIL Aber ich werde einen Beweis verlangen.

VALMONT Klar.

MERTEUIL Einen schriftlichen Beweis.

VALMONT Oh.

MERTEUIL Das ist Bedingung.

Valmont erhebt und verbeugt sich. Merteuil beobachtet ihn lächelnd.

VALMONT Und ich bin sicher, du findest einen, der dir helfen wird bei der kleinen Volanges.

MERTEUIL Sie ist so reizend. Wenn meine Grundsätze weniger streng wären, würde ich es selbst übernehmen.

VALMONT Du bist eine erstaunliche Frau.

MERTEUIL Danke.

VALMONT Schade, wenn du ein bißchen mehr Vertrauen zu mir hättest, könntest du mich im voraus belohnen.

MERTEUIL Gute Nacht, Vicomte.

Er küßt ihre Hand, läßt sie los und steht einen Moment lang da und schaut Madame Merteuil an, dann dreht er sich um.

2.

Drei Wochen später. Früher Abend. Der Hauptsalon in Madame de Rosemondes Landschloß. Die späte Sonne scheint schräg durch die Fenster. Valmont interviewt Azolan, seinen Kammerdiener, einen schmucken, jungen Mann, der in der Livree eines Jägers glänzt.

VALMONT Er kriegte also mit, was sich da abspielte, ja?

AZOLAN Oh ja, Herr. Ich beobachtete ihn und er beobachtete sie.

VALMONT Er ist ja kaum mitgekommen. Hat er das Ganze überhaupt kapiert? Ich setze mich hin zur Rast, er trampelt hinter einem Busch herum, machte einen Lärm, daß ich gute Lust hatte, ihm eine Ladung Schrot ins Bein zu geben. Aber dann wär er überhaupt nicht mehr mitgekommen.

AZOLAN Er wußte genau Bescheid, und als Sie weg waren, sprach er zu dieser Familie.

VALMONT Ich muß sagen, die Familie war ausgezeichnet gewählt.

AZOLAN Danke, Herr.

VALMONT Durch und durch achtbar, erfreulich tränenreich, keine verdächtig hübschen Mädchen. Gut gemacht.

AZOLAN Man tut, was man kann, Herr.

VALMONT Nicht einmal übermäßig teuer. Sechsundfünfzig Livres, um eine ganze Familie vom Ruin zu retten, das sieht aus wie ein echtes Geschäft.

AZOLAN Ein halbes Dutzend solcher Fälle findet man heute in jedem Dorf, mein Herr.

VALMONT Wirklich? Ich muß sagen, jetzt begreife ich, warum die Leute so gern als Wohltäter auftreten. Diese demütige Dankbarkeit. Höchst ergreifend.

AZOLAN Und augenbefeuchtend.

VALMONT Wie kommst du mit dem Dienstmädchen voran?

AZOLAN Julie? Um ehrlich zu sein, es ist ein bißchen langweilig. Wenn mir nicht so daran läge, Sie, mein Herr, auf dem Laufenden zu halten, wär's bei dem einen Mal geblieben. Könnte sein, sie empfindet es genauso, aber bitte, was soll man denn sonst tun auf dem Land?

VALMONT Ja, ich wollte mich weniger nach den Details eurer Intimitäten erkundigen als danach, ob sie sich bereit erklärte, mir Madame de Tourvels Briefe zu bringen. Bist du sicher, daß sie ihren Mund hält?

AZOLAN Die Briefe will sie nicht stehlen. Herr.

VALMONT Will sie nicht?

AZOLAN Sie wissen besser als ich, Herr, wie leicht es ist, sie zu dem zu bringen, was sie gern tun. Daß sie das tun, was man will, daß sie's tun – oh je, das ist das, was einem Kopfweh macht.

VALMONT Denen oft auch.

AZOLAN Was das Mundhalten betrifft, habe ich ihr noch nicht gesagt, daß sie den Mund halten soll, weil sie dadurch erst draufkäme, ihn aufzumachen.

VALMONT Da kannst du recht haben. Aber Madame de Tourvel sagt mir, man habe sie gewarnt vor mir: irgendeine eifrige Freundin muß ihr geschrieben haben über mich. Ich muß wissen, wer das war.

AZOLAN Ich an Ihrer Stelle würde mich nicht um sowas kümmern. Wenn sie schon so weit interessiert ist, daß sie Sie beobachten läßt, ist alles nur noch eine Frage der Zeit.

VALMONT Glaubst du?

AZOLAN Auf jeden Fall, Briefe bewahrt sie anscheinend in ihren Taschen auf.

VALMONT Wäre ich bloß ein Taschendieb! Warum bringen unsere Eltern uns nie etwas Nützliches bei?

Pause, während Valmont darüber sinnt.

VALMONT Wo triffst du dich mit Julie?
AZOLAN In meinem Zimmer, Herr.
VALMONT Kommt sie heute nacht?
AZOLAN Ich fürchte, ja.
VALMONT Dann, glaube ich, muß ich hereinplatzen. Mal sehen, ob Erpressung mehr schafft als Bestechung. Wär's dir recht gegen zwei? Ich will dich nicht in Verlegenheit bringen. Läßt dir das Zeit genug?
AZOLAN Mehr als genug, Herr.
VALMONT Gut.
AZOLAN Dann müssen Sie sie nicht bezahlen, Herr, nicht wahr?
VALMONT Ach, ich glaube, wenn sie liefert, können wir's uns leisten, großzügig zu sein.
AZOLAN Es ist Ihr Geld, Herr.
VALMONT Keine Angst, du sollst nicht zu kurz kommen.
AZOLAN Sehr nobel von Ihnen, mein Herr.
Valmont schaut auf, weil sich weibliche Stimmen nähern. Er wendet sich zu Azolan zurück.
VALMONT Geh jetzt. Bis zwei.
AZOLAN Jawohl, Herr. Ich werde sie garantiert so zurichten, daß sie nicht sagen kann, sie sei nur da, eine Kleiderbürste auszuleihen.
Er geht zur einen Tür hinaus, als Madame de Rosemonde und Madame de Tourvel zur anderen hereinkommen. Madame de Rosemonde ist 84, arthritisch, aber lebhaft, intelligent und sympathisch; Madame de Tourvel ist eine hübsche Frau von 22, nicht so angezogen wie die Merteuil es beschrieb; sie trägt ein elegantes rein leinenes Kleid. Sie ist offensichtlich in einem Zustand beträchtlicher Erregung.
ROSEMONDE Hier ist er. Ich sagte ja, daß er hier sei.
Valmont erhebt sich, um sie zu begrüßen. Tourvel ist von seiner Anwesenheit sichtlich beeindruckt.
VALMONT Meine Damen.
ROSEMONDE Madame de Tourvel hat uns ein Geheimnis zu enthüllen.
TOURVEL Ihnen, Madame, Ihnen.

VALMONT Aber bitte, dann sollte ich vielleicht einen Spaziergang machen.

TOURVEL Nein, nein, es, es betrifft Sie genauso, das heißt, es betrifft speziell Sie. Eigentlich muß ich damit beginnen, ein paar Fragen an Sie zu stellen.

VALMONT Aber bitte. Ich möchte nur noch meiner Tante in ihren Sessel helfen.

ROSEMONDE Danke, mein Junge.

Valmont hilft Madame de Rosemonde in ihren Armsessel. Dann widmet er seine Aufmerksamkeit wieder Madame de Tourvel.

VALMONT Also!

TOURVEL Wo waren Sie heute morgen, mein Herr?

VALMONT Na ja, wie Sie wissen, war ich schon früh auf, zur Jagd.

TOURVEL Und, haben Sie diesmal etwas zur Strecke gebracht?

VALMONT Nein, ich hatte Pech wie noch nie, seit ich hier bin. Ich bin ein miserabler Schütze.

TOURVEL Aber was wollten Sie diesmal eigentlich erlegen, Vicomte?

VALMONT Tut mir leid, ich fürchte, ich komme nicht ganz mit ...

TOURVEL Sie können aufgeben, Monsieur, ich weiß, wo Sie heute morgen waren.

ROSEMONDE Ich glaube, es wird Zeit, daß mir jemand erklärt, was sich hier abspielt.

TOURVEL George, mein Diener, war zufällig im Dorf heute früh ...

VALMONT Ich hoffe, Sie hören nicht auf Dienstbotengeschwätz.

TOURVEL Ich sehe, Monsieur de Valmont rückt nicht heraus damit, also muß ich es Ihnen erzählen. Es gibt eine Familie im Dorf, der Mann ist krank, konnte dieses Jahr seine Steuern nicht bezahlen. Heute morgen kam der Gerichtsvollzieher, um die paar Möbel einzuziehen. Worauf Ihr Neffe, dessen Kammerdiener im Dorf herumgehorcht hatte, ob jemand besonders schlecht dran sei, zur Stelle war, die Schulden zahlte und eine großzügige Spende hinzufügte, um der Familie wieder auf die Füße zu helfen.

ROSEMONDE Ist das wahr, mein Lieber?

VALMONT Na ja, ich ... es ist lediglich ... Ja.

Madame de Rosemonde erhebt sich und breitet die Arme aus.

ROSEMONDE Du lieber Junge, komm, laß dich umarmen!

Valmont geht hinüber zu ihr, und sie umarmen sich. Dann dreht Valmont sich um und geht auf Madame de Tourvel zu, mit strahlendem Gesicht, seine Arme ausgestreckt. Ein jäher Schrecken verzerrt ihr Gesicht, aber sie hat keine andere Wahl, als sich der Umarmung zu ergeben: Valmont preßt sie kräftig. Dann läßt er sie los und, als sie ihn anschaut, aschfahl und hypnotisiert, wendet er sich ab, eine unechte Träne wegwischend.

ROSEMONDE Das sieht dir ähnlich, aus sowas ein Geheimnis zu machen.

In der darauf folgenden Stille geht Madame de Tourvel zum Stickrahmen hinüber und nimmt eine schon eingefädelte Nadel. Aber ihre Hände zittern so stark, daß sie sie wieder weglegen muß.

ROSEMONDE Wir müssen diese Familie morgen besuchen, meine Liebe, vielleicht können wir noch irgendwie helfen.

TOURVEL Ja, sehr gern.

VALMONT Setz dich doch, Tante.

ROSEMONDE Nein, ich muß den Herrn Pfarrer finden. Ich bin sofort zurück. Er muß das einfach erfahren, bevor er geht. Es wird ihn so freuen.

Sie eilt hinaus, es folgt eine lange Stille. Madame de Tourvel macht einen weiteren und entschlossenen Versuch, mit ihrer Stickerei zurechtzukommen: Valmont findet einen Stuhl ihr gegenüber, beobachtet und wartet. Das Licht wird immer schwächer. Schließlich fühlt sich Madame de Tourvel, die nach Fassung ringt, gezwungen, die Stille zu brechen.

TOURVEL Ich kann nicht verstehen, wie jemand mit so edlen Anlagen ein so zügelloses Leben führen kann.

VALMONT Ich fürchte, Sie haben übertriebene Vorstellungen von meinem Edelmut und von meiner Verdorbenheit. Wenn ich wüßte, wer Ihnen ein so schauderhaftes Bild von mir gemalt hat, könnte ich mich vielleicht verteidigen; da ich es nicht weiß, gestatten Sie mir ein Geständnis: ich fürchte, das Paradox hat seinen Grund in einer gewissen Charakterschwäche.

TOURVEL Eine solche Tat rührender Nächstenliebe kann man doch nicht als Schwäche sehen.

VALMONT Sehen Sie, dieser schreckliche Ruf, den habe ich natürlich nicht ohne Grund. Ich verbringe mein Leben unter lauter unmoralischen Menschen. Ich lasse mich von ihnen beeinflussen und manchmal ist es mein Ehrgeiz, sie zu übertreffen. Diesmal dagegen geriet ich einfach unter einen ganz anderen Einfluß: den Ihren.

TOURVEL Sie meinen, Sie hätten das nicht getan?

VALMONT Nicht ohne Ihr Vorbild, ja. Eine Art unschuldiger Tribut an Ihre Güte.

Es entsteht eine Pause, während der Madame de Tourvel, unsicher, wie sie reagieren soll, ihre Stickerei verläßt, einen Moment lang unentschlossen zögert und sich auf den Rand der Chaiselongue setzt.

VALMONT Sehen Sie, wie schwach ich bin? Ich hatte mir geschworen, daß ich Ihnen das nie sagen würde. Aber wenn ich Sie anschaue...

TOURVEL Monsieur...

VALMONT Sie brauchen keine Angst zu haben, ich habe nichts Verbotenes im Sinn, niemals möchte ich Sie verletzen. Aber ich liebe Sie. Ich bete Sie an.

Im Nu hat er den Raum durchquert, fällt vor ihr auf die Knie und nimmt ihre Hände in die seinen.

VALMONT Bitte, helfen Sie mir!

Madame de Tourvel reißt ihre Hände los und bricht in Tränen aus.

VALMONT Was haben Sie?

TOURVEL Ich bin so unglücklich.

Sie vergräbt ihr Gesicht in den Händen, schluchzt. Einen Moment lang huscht der Schatten eines Lächelns über Val-

monts Gesicht, bevor er mit einer Stimme spricht, die am Rande der Tränen balanciert.

VALMONT Aber warum?

TOURVEL Wollen Sie mich jetzt allein lassen?

Valmont erhebt sich und geht weg, durch's Zimmer; er demonstriert, daß er versucht, sich zu beherrschen.

VALMONT Ich hätte nichts sagen sollen, ich weiß, tut mir leid. Aber wirklich, Sie brauchen keine Angst zu haben. Kein bißchen. Sagen Sie mir, was ich tun soll, befehlen Sie mir, wie ich mich benehmen soll, ich tu' alles, was Sie sagen.

Madame de Tourvel gelingt es, sich zu beherrschen, sie schaut auf zu ihm.

TOURVEL Dann vergessen Sie das alles, kein Wort mehr, Sie haben mich tief beleidigt, unverzeihbar tief.

VALMONT Ich dachte, wenigstens meine Ehrlichkeit würden Sie mir positiv anrechnen.

TOURVEL Im Gegenteil, das bestätigt alles, was man mir über Sie erzählt hat, allmählich glaube ich, daß Sie dieses ganze Manöver einfach geplant haben.

VALMONT Als ich hierher kam, meine Tante zu besuchen, hatte ich keine Ahnung, daß Sie hier sind, und wenn ich es gewußt hätte, es hätte mich kein bißchen beunruhigt. Ich habe ja bis jetzt nur Gier gekannt. Liebe niemals.

TOURVEL Es reicht.

VALMONT Nein, nein, Sie haben mich beschuldigt, jetzt müssen Sie mir schon gestatten, mich zu verteidigen. Also, Sie waren dabei, als meine Tante mich bat, noch ein bißchen länger zu bleiben, und in diesem Augenblick stimmte ich einzig aus Ehrerbietung ihr gegenüber zu, obwohl mir schon da Ihre Schönheit durchaus nicht verborgen geblieben war.

TOURVEL Monsieur.

VALMONT Nein, ausschlaggebend ist, daß das alles nichts mit Ihrer Schönheit zu tun hat. Als ich Sie kennenlernte, wurde mir klar, daß Schönheit von Ihren Qualitäten die geringste ist. Mich faszinierte Ihre Güte, die fesselte mich, ich verstand nicht, was mit mir geschah, und erst als ich jedesmal, wenn Sie das Zimmer verließen, echten körperlichen Schmerz verspürte, dämmerte es mir endlich: ich war verliebt, zum ersten Mal in meinem Leben. Ich wußte, es war hoffnungslos, aber ja, mir war das egal, es war anders als sonst, nicht daß ich Sie besitzen wollte, nein, alles, was ich wollte, war, Ihrer würdig zu sein.

Madame de Tourvel erhebt sich entschlossen.

TOURVEL Ich muß wirklich gehen, Monsieur, Sie sind offenbar entschlossen, auf einer Auseinandersetzung zu bestehen, an der ich, wie Sie wissen müssen, nicht teilnehmen sollte und von der ich nichts wissen will.

VALMONT Nein, nein, bitte, setzen Sie sich, setzen Sie sich. Ich habe doch gesagt, daß ich alles tue, was Sie wollen.

Stille. Sie beobachten einander. Schließlich setzt sich Madame de Tourvel wieder.

TOURVEL Es gibt nur eins, was Sie für mich tun können.

VALMONT Was? Was ist es?

TOURVEL Aber wie kann ich Sie darum bitten? Ich glaube, Ihnen möchte ich nicht einmal dankbar sein müssen.

VALMONT Ach bitte, nein, darauf bestehe ich, wenn Sie so gütig sind, mir eine Gelegenheit zu geben, etwas zu tun, was Sie wollen, was es auch sei, dann bin ich es, der dankbar zu sein hat.

Madame de Tourvel schaut ihn einen Moment lang mit völliger Offenheit an.

TOURVEL Sehr gut, also, ich möchte, daß Sie dieses Haus verlassen.

Valmont schaut einen Moment lang wie ein Schachmeister, der gerade seine Dame verloren hat.

VALMONT Ich begreife nicht, warum das nötig sein sollte.

TOURVEL Sagen wir einfach, Ihr ganzes bisheriges Leben macht es nötig.

Inzwischen hat Valmont sein Gleichgewicht wiedergefunden; er hat sehr schnell geschaltet.

VALMONT Also gut, natürlich, wie Sie wünschen. Ihnen kann ich wohl nichts abschlagen.

Diesmal ist Madame de Tourvel die Überraschte.

VALMONT Erlauben Sie mir, meiner Tante eine, sagen wir, Vierundzwanzigstunden-Frist zu geben?

TOURVEL Ja, doch, natürlich.

VALMONT Ich werde morgen früh in meiner Post etwas finden, was mich zwingt, sofort nach Paris zurückzukehren.

TOURVEL Danke, ich wäre Ihnen sehr verpflichtet.

VALMONT Vielleicht sollte ich es wagen, Sie auch um einen Gefallen zu bitten.

Madame de Tourvel runzelt die Stirn, zögert.

VALMONT Ich glaube, es wäre nicht mehr als recht und billig, wenn Sie mich wissen ließen, welche Ihrer Freundinnen mich bei Ihnen schlecht gemacht hat.

TOURVEL Sie wissen sehr gut, daß das unmöglich ist, Monsieur. Wenn meine Freunde mich vor Ihnen gewarnt haben, dann geschah das doch mir zuliebe. Und das soll ich durch Verrat belohnen, ja? Ich muß sagen, Sie entwerten Ihr großzügiges Angebot, wenn Sie es zur Handelsware machen.

VALMONT Gut, ich ziehe die Frage zurück. Ich hoffe, Sie glauben nicht, daß ich handeln will, wenn ich bitte, Ihnen schreiben zu dürfen.

TOURVEL Nun ...

VALMONT Und hoffe, Sie werden die Güte haben, meine Briefe zu beantworten.

TOURVEL Ich bezweifle, daß eine anständige Frau sich einen Briefwechsel mit Ihnen leisten kann.

VALMONT Sie sind also entschlossen, alle meine Vorschläge abzulehnen, so achtbar sie sein mögen.

TOURVEL Das habe ich nicht gesagt.

VALMONT Ich sehe wirklich nicht, was Ihnen Schlimmes passieren könnte, wenn Sie mir diesen winzigen, aber für mich lebenswichtigen Trost gewähren.

TOURVEL Für mich wäre es eine willkommene Gelegenheit, Ihnen zu beweisen, daß ich nicht aus Haß oder Ärger handle, sondern ...

VALMONT Sondern?

Aber Madame de Tourvel scheint nicht imstande zu sein,

darauf eine Antwort zu finden. Valmont durchquert plötzlich und schnell wie vorher den Raum, fällt auf ein Knie und nimmt ihre Hand. Sie ringt, um sich zu befreien.

TOURVEL Um Gotteswillen, Monsieur, bitte, gehen Sie jetzt!

VALMONT Ich sage nur, was ich glaubte, Ihnen gegenüber niemals über die Lippen bringen zu können: leben Sie wohl.

Er küßt ihre Hand. Sie gibt kurz nach, ihr Ausdruck bleibt Angst, dann kämpft sie wieder, worauf er sie sofort losläßt, aufsteht und sich verbeugt.

VALMONT Ich werde bald schreiben.

Er eilt weg in die Dunkelheit, schafft es nicht, ein leises Schluchzen zu unterdrücken. Madame de Tourvel bleibt allein zurück, angewurzelt an der Chaiselongue. Sie sieht verstört aus.

3.

Ein paar Tage später. Mitten in der Nacht. Ein Schlafzimmer in einem Haus am Rand von Paris, das Émilie, einer Prostituierten, gehört. Sie ist im Bett mit Valmont, liegt in seinen Armen, ihre Augen blitzen im Kerzenlicht. Er scheint in Gedanken verloren. Émilie ändert ihre Lage, und er lächelt zu ihr hinunter.

VALMONT Und da habe ich immer an die sagenhafte Trinkfestigkeit der Holländer geglaubt.

ÉMILIE Drei Flaschen Burgunder und eine Flasche Kognak machen jeden fertig.

VALMONT Hat er soviel getrunken?

ÉMILIE Du hast eingeschenkt.

VALMONT Ich hoffe, du vermißt ihn nicht.

ÉMILIE Quatsch nicht. Ich finde bloß, es war nicht nötig, ihn in deine Kutsche zu stopfen.

VALMONT In diesem Zustand, war es nicht das beste, ihn nach Hause zu schicken?

ÉMILIE Dies ist sein Haus.

VALMONT Ach. Ich dachte, es sei dein Haus.

ÉMILIE Er ist der Besitzer. Ich wohne bloß hier. Und er ist so selten in Frankreich. Schande über dich.

Sie grinst breit.

VALMONT Na ja, meinem Kutscher wird schon etwas einfallen.

ÉMILIE Wird sicher nicht nötig sein, da du, ganz Herr der Lage, ihm genaueste Weisung erteilt hast.

VALMONT Genaueste Weisung?

ÉMILIE Jawohl.

Schweigen.

VALMONT Ehrlich, Émilie, ich finde, es ist der Gipfel schlechten Benehmens, über so einen Ausländer zu sprechen, während du mit mir im Bett bist. Das schreit nach einer angemessenen Strafe. Dreh dich um.

ÉMILIE Na schön.

Sie tut, was ihr befohlen wurde, dabei schaut sie erwartungsvoll zu ihm auf.

VALMONT Also, hast du Feder, Tinte und Schreibpapier?

Émilie ist erstaunt, Valmont steigt aus dem Bett, durchquert den Raum, findet das, wonach er gesucht hat, im Schreibtisch und bringt es zum Bett zurück. Feder und Tintenfaß werden vorsichtig plaziert, dann zupft er die Bett-Tücher zurück, breitet ein Blatt Papier quer auf Émilies Rücken aus, macht sich's bequem und greift nach der Feder.

VALMONT Halt schön still.

Émilie ist immer noch verdutzt. Aber sie fügt sich anmutig. Valmont beginnt zu schreiben.

VALMONT Meine liebe Madame de Tourvel... Gerade komme ich an meinen Schreibtisch...

Émilie kapiert jetzt. Sie dreht den Kopf, um zu ihm hinaufzulächeln.

VALMONT Stillhalten, habe ich gesagt.

Er fährt fort.

... mitten in einer stürmischen Nacht, in der ich von Erregung zu Erschöpfung und wieder zurück geworfen werde. Die Lage, in der ich mich befinde, während ich diesen Brief schreibe, läßt mich die Macht der Liebe erleben wie noch nie.

Ich kann mich kaum dazu bringen, meine Gedanken zu ordnen, aber trotz aller Qual schwöre ich Ihnen, daß ich im Augenblick viel glücklicher bin als Sie. Hoffentlich verspüren Sie auch einmal die Erregung, die mich jetzt quält. Entschuldigen Sie mich für einen Augenblick, ich muß etwas tun zur Beruhigung dessen, was ich nur eine steigende Erregung nennen kann.

Wir schreiben später weiter, ja?

4.

Zehn Tage später. Ein Septembernachmittag. Valmont trinkt Tee mit der Marquise de Merteuil in ihrem großen Salon.

MERTEUIL Sieht ganz so aus, als sei dir ein schwerwiegender taktischer Fehler passiert. Die Tourvel hättest du doch dort und sofort nehmen müssen, auf der Chaiselongue!

VALMONT Jeden Augenblick konnte meine Tante mit dem Pfarrer hereinkommen.

MERTEUIL Na und, sowas haben die doch seit Jahren nicht gesehen.

VALMONT Nein, das war nicht der richtige Augenblick. Ich will, daß sie sich ergibt, aber nicht, bevor sie gekämpft hat.

MERTEUIL Sie hat gesiegt: sie ist dich losgeworden, aus.

VALMONT Aber ich brachte sie so weit, daß ich ihr schreiben darf.

MERTEUIL Na ja, sogar wenn du, was unwahrscheinlich ist, ihre Abwehr per Beredsamkeit überwindest, dann bist du doch nicht dort, um die Lage zu nutzen. Und am nächsten Tag ist die Abwehr wieder perfekt.

VALMONT Ja, ja, ja! Schreiben ist ein elender Ersatz. Aber wenn du überhaupt keine andere Wahl hast, ist es die einzige Chance, sowas am Leben zu halten.

MERTEUIL Vielleicht.

VALMONT Ich weiß, du bist unheilbar skeptisch, aber für mich ist das absolut die beste Phase mit einer Frau, davon reden

Männer andauernd, aber fast ohne Erfahrung: der wirkliche Rausch. Du weißt, sie liebt dich, aber noch bist du deines Siegs nicht ganz sicher.

MERTEUIL Du weißt also, daß sie dich liebt?

VALMONT Oh ja. Ich ließ meinen Mann dort zurück, er behält die Sache im Auge und eine Hand auf der Zofe, die sich übrigens als sehr hilfreich erweist, seit ich sie bei ihm im Bett erwischt habe. Er erzählt mir, als mein erster Brief ankam, nahm Madame den mit in ihr Zimmer und saß und drehte ihn stundenlang um und um und seufzte und weinte. Daraus darf ich wohl einen Schluß ziehen.

Merteuil sagt nichts, aber sie zweifelt weiterhin.

VALMONT Die Zofe verhalf uns zu einer weiteren Entdeckung, die dich vielleicht interessiert.

MERTEUIL Ja?

VALMONT Weißt du, wer meiner Schönen Brief um Brief schrieb und sie beschwor, sich vorm gemeinsten Perversen der Welt zu hüten, nämlich vor mir? Deine verdammte Cousine, die Drecks-Volanges.

Merteuil bricht in Lachen aus.

VALMONT Du hast leicht lachen, mich hat das mindestens einen Monat zurückgeworfen.

MERTEUIL Das darf nicht wahr sein.

VALMONT Sie wollte mich weghaben von Madame de Tourvel: und das bin ich jetzt. Ich habe vor, sie das büßen zu lassen. Dein Plan, ihre Tochter zu ruinieren: gibt's irgendwelche Fortschritte? Kann ich irgendwie behilflich sein? Ich stehe ganz zu deiner Verfügung.

MERTEUIL Schön. Und siehe da, lieber Vicomte, deine heutige Anwesenheit ist Teil meines Plans. Danceny muß jeden Moment eintreffen, und du hilfst mir, ihm den Rücken zu steifen, sozusagen. Dann habe ich eine kleine Szene vorbereitet, die du hoffentlich unterhaltend finden wirst. Ja, ich bin sicher, du wirst.

VALMONT Mehr sagst du nicht?

MERTEUIL Nein, eigentlich nicht.

VALMONT Danceny ist kein umwerfender Erfolg?

MERTEUIL Er ist eine Katastrophe. Wie die meisten Intellektuellen ist er vollkommen blöde. Wirklich, ein total unbrauchbarer Kerl. Reizend, aber hoffnungslos.

VALMONT Und wie weit bist du jetzt?

MERTEUIL Mit der kleinen Cécile steh ich sehr sehr gut. Wir gehen in die Oper und verplaudern ganze Abende in meiner Loge. Ich bin wirklich ziemlich eifersüchtig auf den, der sie mal kriegt. Sie ist eine Doppelbegabung, aus der man etwas machen kann. Sie hat keinen Charakter und keine Moral, sie ist einfach köstlich.

VALMONT Aber wie weit bist du?

MERTEUIL Sie und Danceny sind unsterblich verliebt ineinander. Es fing damit an, daß sie mich fragte, ob sie ihm wohl schreiben dürfe. Zuerst sagte ich Ja, später Nein, in Ordnung sei es nur, wenn sie mir beide Seiten der Korrespondenz zeige. Dann arrangierte ich ein Treffen, aber Danceny war vor Anstand förmlich gelähmt, keinen Finger legte er an sie. Seine ganze Kraft verpulverte er in Gedichten von großer Erfindungsgabe und kleinster Wirkung. Um sie ein bißchen in Fahrt zu bringen, erzählte ich ihr, ihre Mutter wolle sie mit Gercourt verheiraten. Als sie hörte, ein Greis von sechsunddreißig, war der Schock fertig. Nachdem ich ihn genauer beschrieben hatte, haßte sie ihn, als sei sie zehn Jahre mit ihm verheiratet gewesen. Dann, der erste größere Rückschlag: sie erzählte es ihrem Beichtvater und der las ihr die Leviten. Sie brach mit Danceny, betete Tag und Nacht nur noch um die Kraft, ihn zu vergessen, ein erfreulicherweise sich selbst widersprechendes Manöver. Er verharrte unterwürfig. Mir blieb nichts anderes übrig, als sie noch einmal zusammenzubringen, zu einem letzten Lebewohl, und das Beste zu hoffen. Und was höre ich? Ganze fünf Sekunden hat Danceny ihr die Hand gehalten, und als er gebeten wurde, loszulassen, läßt er los, zu Céciles größtem Verdruß. Dem mußt du wirklich das Rückgrat steifen. Nachher sagte die Kleine zu mir: Ach Madame, wenn bloß

Sie Danceny wären. Und, weißt du was, eine Minute lang dachte ich: schön wär's.

VALMONT Ich frage mich oft, wie du das gemacht hast, dich selbst zu erfinden.

MERTEUIL Ich hatte keine Wahl, ich bin eine Frau. Frauen müssen viel fähiger sein als Männer. Wer vergeudet denn seine Zeit mit der Kultivierung sinnloser Fähigkeiten? Ihr glaubt, ihr braucht soviel Erfindungsgabe, um uns zu gewinnen, wie wir zum Verlieren brauchen. Darüber kann man sich streiten, finde ich. Aber von da an sind alle Trümpfe in eurer Hand. Ihr könnt uns ruinieren, wann immer ihr Lust habt. Wenn wir euch brandmarken, vermehren wir lediglich euer Prestige. Nicht mal richtig loswerden können wir euch, wenn uns danach ist. Stich um Stich müssen wir sorgfältig auftrennen, was ihr mit einem Schlag durchtrennt. Wir müssen es irgendwie dahin bringen, daß ihr uns verlassen wollt und uns, weil ihr euch zu schuldig fühlt, nicht verletzt, oder wir müssen euch handfest erpressen. Schaffen wir das nicht, könnt ihr uns Ruf und Leben mit ein paar wohlgesetzten Worten ruinieren. Also mußte ich eben erfinden: nicht nur mich selbst, auch Fluchtwege, auf die noch keiner gekommen war, auch ich nicht, weil ich immer so schnell auf den Füßen sein mußte, daß ich noch improvisieren konnte. Ich habe es geschafft, weil ich in jedem Augenblick wußte, daß ich geboren wurde, dein Geschlecht zu beherrschen und das meine zu rächen.

VALMONT Ja; aber meine Frage war, wie?

MERTEUIL Als ich in die Gesellschaft eingeführt wurde, hatte ich schon erkannt, daß die Rolle, zu der ich verurteilt war, nämlich den Mund zu halten und zu tun, was mir befohlen wurde, mir die beste Gelegenheit gab zu lernen, aufzupassen: nicht auf das, was sie mir sagten, das war natürlich völlig uninteressant, sondern auf alles, was sie zu verbergen suchten. Ich übte Gleichgültigkeit. Ich lernte, freundlich zu lächeln, während ich mir unterm Tisch eine Gabel in den Handrücken stieß. Ich wurde nicht nur undurchschaubar, sondern eine Täuschungsvirtuosin. Mir konnte keiner was erzählen damals.

Ich war nicht auf Vergnügen aus, sondern auf Wissen. Aber als ich, zum Zwecke der Wissensvermehrung, meinem Beichtvater mal erzählte, ich hätte schon alles getan, reagierte er so entsetzt, daß ich zum ersten Mal ein Gefühl dafür kriegte, was alles von Lust zu erwarten war, und da kündigt meine Mutter auch schon meine Verheiratung an: ich konnte also meine Neugierde zügeln und landete in Monsieur de Merteuils Armen als Jungfrau. Bitte, ich kann mich nicht beklagen über Merteuil. Gerade als er anfing, mir wirklich lästig zu werden, hatte er das Taktgefühl zu sterben. Das Trauerjahr benutzte ich, um meine Studien zu vollenden: ich las die strengsten Moralisten, um zu lernen, wie man den Schein wahrt; die Philosophen, um herauszubringen, was man denkt, und die Romanciers, um zu erfahren, was man sich alles erlauben kann. Dann war ich soweit, meine Methode zu perfektionieren.

VALMONT Nämlich?

MERTEUIL Flirte nur mit denen, die keine Chance haben bei dir: so giltst du bald als unbesiegbar und genießt ungestört den Liebhaber deiner Wahl. Eine schlechte Wahl ist weniger gefährlich als eine durchschaubare. Nie selber Briefe schreiben. Bring die anderen dazu, Briefe zu schreiben. Sorge immer dafür, daß jeder denkt, er sei der einzige. Siege oder stirb.

Valmont lächelt: Er sieht sie einen Moment lang an.

VALMONT Deine Regeln sind unfehlbar, nicht wahr?

MERTEUIL Wenn ich einen Mann will, kriege ich ihn; wenn er es rumerzählen will, merkt er, er kann nicht. Das ist alles.

VALMONT Und war es bei uns auch so?

Merteuil zögert mit der Antwort.

MERTEUIL Ich wollte dich schon, bevor wir uns trafen. Meine Selbstachtung gebot das. Dann, als du anfingst, mir nachzulaufen... da wollte ich dich erst recht. Mein einziger Schwarm, dem ich zum Opfer gefallen bin. Meine einzige Niederlage.

VALMONT Danke.

Er will noch etwas sagen, wird aber durch die Ankunft von

Merteuils Majordomus unterbrochen, der den Chevalier Danceny hereinbegleitet, einen Ritter des Malteser-Ordens, einen lebhaften, hübschen jungen Mann von ungefähr zwanzig. Danceny eilt herein und verbeugt sich, um Merteuils Hand zu küssen. Dann bemerkt er Valmont.

DANCENY Vicomte.

VALMONT Lieber junger Freund. Wie schön, Sie wiederzusehen.

Danceny wendet sich zu Merteuil zurück, bringt seine Belanglosigkeiten atemlos vor.

DANCENY Es tut mir leid, daß ich so spät komme, Madame.

MERTEUIL Fast zu spät.

Aber als sie seinen ernsthaft zerknirschten Ausdruck sieht, wird sie weicher.

MERTEUIL Wie Sie wissen, hat Mademoiselle Volanges...

DANCENY Welch ein Vergnügen, ihren Namen zu hören, Madame.

MERTEUIL Ja, ja, natürlich. Wie ich schon sagte, Mademoiselle de Volanges erwies mir die Ehre, mich zu ihrer Vertrauten und Beraterin zu machen, in dem, was Sie beide betrifft.

DANCENY Besser hätte sie kaum wählen können.

MERTEUIL Na ja, wie dem auch sei, ich hatte einfach das Gefühl, in dieser Situation, die äußerst prekär ist, würden auch Sie sich gern einem verständnisvollen Menschen anvertrauen, einer erfahrenen Persönlichkeit. Und gibt es einen, der dafür idealer wäre als der Vicomte de Valmont, Ihnen bekannt als ein alter Freund von mir, wie auch als ein Mann von unerschütterlicher Diskretion! Falls Sie zustimmen, erklärt er sich freundlicherweise bereit, sich für Sie einzusetzen.

Valmonts Gesicht drückt Mißbilligung aus; aber bis Danceny, der seinerseits etwas verwirrt scheint, sich ihm zuwendet, ist sie verschwunden.

DANCENY Schön...

VALMONT Vielleicht ist es mein Ruf, der Sie zögern läßt: wenn ja, dann kann ich Ihnen, glaube ich, versichern, daß die persönlichen Fehler eines Menschen nicht unbedingt sein objektives Urteilsvermögen beeinträchtigen müssen.

DANCENY Nein, natürlich nicht, niemals wäre ich so taktlos, nein, es ist... das Problem ist, es handelt sich nicht um die normale Intrige mit dem Ziel... das heißt, meine Liebe, meine Verehrung...

VALMONT Sie meinen, es geht nicht um eine leichtsinnige Kokette oder eine abgeschlaffte Ehefrau?

DANCENY Genau. Eine Person wie Mademoiselle de Volanges muß mit größter Rücksicht behandelt werden. Meine eigene Position ist nicht ohne Schwächen, deren ich mir nur zu bewußt bin. Ihr großes Vermögen, zum Beispiel, verglichen mit meiner unsicheren Existenz...

VALMONT Ganz klar, man dürfte also keinesfalls versuchen, sie so in die Enge zu treiben, daß ihr nichts übrigbliebe, als Sie zu heiraten. Das wäre völlig falsch.

DANCENY Sie verstehen, wie ich empfinde.

MERTEUIL Natürlich versteht er Sie, das sage ich doch.

DANCENY Ich bin völlig zufrieden mit allem, solange sie einverstanden ist, daß wir uns treffen und die Musikstunden fortsetzen.

VALMONT Musikstunden, aha.

Der Majordomus erscheint wieder und geht quer durchs Zimmer, um Merteuil etwas zuzuflüstern. Sie gibt ihm einige Anweisungen mit gedämpfter Stimme, er verbeugt sich und geht ab.

VALMONT Keinesfalls will ich mich Ihnen aufdrängen...

DANCENY Nein, bitte...

VALMONT Aber seien Sie versichert, es ehrt mich, wenn Sie meiner bedürfen.

DANCENY Die Ehre, Monsieur, ist ganz meinerseits. Jede Verbindung zu Ihnen empfände ich als eine Auszeichnung. Vielleicht möchten Sie...

MERTEUIL Ich unterbreche Sie ungern, Chevalier, aber ich fürchte, Sie müssen gehen. Gerade hat sich Madame de Volanges anmelden lassen. Verstehen Sie jetzt, warum mich

Ihre Verspätung so nervös gemacht hat!

DANCENY Vielleicht wäre das die Gelegenheit, ihr meine Verehrung zu bezeugen, in der Hoffnung...

MERTEUIL In diesem prekären Augenblick, Monsieur Danceny, wäre es nicht opportun für Sie, hier gesehen zu werden. Auf jeden Fall nicht, wenn ich Ihnen auch in Zukunft von Nutzen sein soll.

Während dieser Rede ist ein Diener eingetreten.

DANCENY Ganz wie Sie es für richtig halten.

MERTEUIL Leben Sie wohl, Chevalier. Mein Diener wird Sie zu einer Hintertür bringen.

Danceny küßt ihr eilig die Hand. Valmont ergreift seinen Arm, als er vorbeikommt.

VALMONT Morgen muß ich nach Versailles, falls Sie Lust haben, mich zu begleiten.

DANCENY Oh ja, sehr gern.

VALMONT Gut, dann schicke ich Ihnen einen Wagen um neun.

Danceny verschwindet mit dem Diener. Valmont wendet sich wieder an Merteuil.

VALMONT Jetzt also die Szene, die du für mich inszeniert hast?

MERTEUIL Möchtest du, bitte, hinter den Wandschirm gehen.

Sie zeigt auf einen Wandschirm in der Zimmerecke, ihre Stimme verrät eine Art ängstlicher Ungeduld.

VALMONT Du hättest mich ruhig vorher fragen können, bevor du mich diesem entnervenden Knaben als Mädchen für alles andientest. Ich finde den Jammer von Verliebten außerhalb der Oper fast nicht unterhaltsam.

MERTEUIL Aber wenn ihm überhaupt jemand helfen kann, dachte ich...

VALMONT Helfen? Er braucht keine Hilfe, er braucht Hindernisse. Erst wenn er genug davon überklettert hat, fällt er vielleicht versehentlich der Kleinen in den Schoß.

MERTEUIL Mal sehen: jetzt, Vicomte, hinter den Schirm.

Valmont geht darauf zu, zögert dann.

VALMONT Bist du sicher, daß ich ihr nicht gegenübertreten soll? Ihr ein bißchen Material zu liefern für ihre unverschämten Briefe?

MERTEUIL Ab jetzt.

Valmont beeilt sich und verschwindet gerade noch hinter dem Schirm, bevor Madame de Volanges vom Majordomus hereingeführt wird. Merteuil, die jetzt einen würdigen Ausdruck produziert, erhebt sich, um die Eintretende auf beide Wangen zu küssen.

VOLANGES Ihre Nachricht sagt, es sei dringend...

MERTEUIL Seit Tagen kann ich an nichts anderes denken, ich wußte nicht, wofür ich mich entscheiden sollte. Schließlich sah ich ein, daß ich meiner Pflicht, Ihnen alles zu sagen, nicht ausweichen darf. Bitte setzen Sie sich doch.

Madame de Volanges, die sich jetzt sichtlich unwohl fühlt, setzt sich, während Merteuil auf und abgeht, besorgt dreinschauend.

MERTEUIL Sie wissen, Cécile war in den letzten Wochen so lieb, sich meine Freundschaft gefallen zu lassen und mir, glaube ich, die ihre zu schenken.

VOLANGES Oh ja, wirklich, sie hängt an Ihnen.

MERTEUIL Das macht diese Aufgabe doppelt schwer.

VOLANGES Geht es um Cécile?

MERTEUIL Kann sein, ich täusche mich. Geb's der Himmel, es wäre so.

Sie macht wieder eine Pause: inzwischen ist Madame de Volanges aufs höchste alarmiert.

VOLANGES Weiter.

Merteuil holt tief Atem.

MERTEUIL Ich habe allen Grund anzunehmen, daß eine, wie soll ich sagen, eine gefährliche Liebschaft zwischen Ihrer Tochter und dem Chevalier Danceny entbrannt ist.

Stille. Madame de Volanges ist sprachlos, genauso Valmont, sollte er hinter dem Schirm zu sehen sein. Aber schon nach ein paar Sekunden hat Madame de Volanges ihr Gleichgewicht wiedergefunden.

VOLANGES Nein, nein, das ist total absurd. Cécile ist noch ein Kind, sie versteht nichts von diesen Dingen, und Danceny ist ein durchaus ehrenwerter junger Mann.

MERTEUIL Wenn Sie nur recht hätten. Niemand wäre glücklicher als ich.

VOLANGES Sie waren ja auch noch nie unbeaufsichtigt beieinander, weder bei Ihnen noch bei mir.

MERTEUIL Und eben da drängte sich mir die Vermutung auf: zwischen denen ist etwas. Wie die einander anschauen.

VOLANGES Das ist sicher das gemeinsame Erleben der Musik.

MERTEUIL Vielleicht. Aber da war noch etwas. Hat Cécile eigentlich viele Brieffreundschaften?

VOLANGES Nicht mehr als üblich. Sie schreibt Verwandten, Freundinnen vom Kloster... Warum?

MERTEUIL Anfang dieser Woche kam ich in ihr Zimmer, ich klopfte einfach und trat ein, ohne eine Antwort abzuwarten, sie stopfte einen Brief in die linke Schublade ihres Schreibtischs, wo, wie ich bemerken mußte, noch ein ganzer Stoß ähnlicher Briefe lag.

Stille. Dann erhebt sich Madame de Volanges.

VOLANGES Ich bin Ihnen sehr dankbar. Ich finde schon hinaus.

MERTEUIL Hoffentlich meinen Sie jetzt nicht, ich wolle mich einmischen.

VOLANGES Überhaupt nicht.

MERTEUIL Und falls Sie, was Gott verhüte, etwas Belastendes finden sollten, erzählen Sie hoffentlich Cécile nicht, daß ich den Anstoß gab. Ich möchte keinesfalls ihr Vertrauen verlieren. Könnte sein, es kommt jetzt eine schwere Zeit für sie, da wäre es doch schön, wenn sie meinen Rat brauchen könnte.

VOLANGES Natürlich.

Merteuil klingelt. Madame de Volanges steht da, immer noch einigermaßen schockiert.

MERTEUIL Fänden Sie es unverschämt, wenn ich noch etwas vorschlagen würde.

VOLANGES Nein, nein.

MERTEUIL Falls ich mich recht erinnere, hörte ich, wie Sie zum Vicomte de Valmont sagten, seine Tante habe Sie auf ihr Schloß eingeladen.

VOLANGES Das hat sie, mehr als einmal.

MERTEUIL Ein kleiner Landaufenthalt, bis der Sturm vorbei ist, das könnte das Richtige sein.

VOLANGES Wenn das, was Sie mir sagen, auch nur ein bißchen zutrifft, schick ich sie vielleicht doch ins Kloster zurück.

MERTEUIL Sollte man das nicht eher als Strafe androhen für den Fall, daß das Verhältnis wieder aufflammen sollte?

VOLANGES Vielleicht. Ich hoffe ja immer noch, daß Sie sich täuschen.

MERTEUIL Wir wollen es hoffen.

Der Majordomus ist eingetreten, Merteuil winkt ihn zu sich. Madame de Volanges denkt noch nach. Sie schaut auf, voller Sorgen.

VOLANGES Ist nicht der Vicomte dort im Augenblick?

MERTEUIL Soviel ich weiß, ist er nach Paris zurückgekehrt.

Sie umarmt Madame de Volanges herzlich.

MERTEUIL Wahrscheinlich alles eine Einbildung von mir, morgen lachen wir über meine Dummheit. Ich hoffe bloß, daß Sie mir dann verzeihen.

VOLANGES Meine Liebe, für Ihre Anteilnahme kann ich Ihnen immer nur danken.

Sie trennen sich; sie geht langsam aus dem Zimmer, vorsichtig vorgebeugt, hinter dem Majordomus her. Weil sie so langsam ist, taucht Valmont hinter dem Schirm auf, bevor sie verschwunden ist, zu Merteuils Schrecken. Aber Madame Volanges schaut nicht zurück, und Valmont kann es nicht lassen, hinter ihrem Rücken Grimassen zu schneiden, was Merteuil veranlaßt, ihm zuzuzischeln.

MERTEUIL Hör auf.

VALMONT Also, soviel du weißt, bin ich nach Paris zurückgekehrt?

MERTEUIL Du hast Hindernisse gefordert.

VALMONT Du bist eine echt böse Frau.

MERTEUIL Und du hast gesagt, du möchtest gerne meine Cousine leiden sehen.

VALMONT Du bist unwiderstehlich.

MERTEUIL Alles für dich.

VALMONT Aber es kommt mir denkbar ungelegen. Die Comtesse de Beaulieu hat mich eingeladen.

MERTEUIL Die wirst du eben verschieben müssen.

VALMONT Die Comtesse hat mir die exclusive Nutzung ihrer Gärten verheißen. Sieht aus, als sei der Daumen ihres Mannes nicht mehr so grün wie ehedem.

MERTEUIL Schon möglich. Aber wie ich höre, sind alle seine Freunde Gärtner.

VALMONT Ach, wirklich?

MERTEUIL Du willst deine Rache: ich will meine Rache. Ich fürchte, es gibt wirklich nur einen Ort, wo du hinkannst.

VALMONT Zurück zu Tantchen, ja?

MERTEUIL Zurück zu Tantchen. Da kannst du auch die andere Sache betreiben. Du mußt ja den Beweis liefern, nicht wahr!

VALMONT Wär es nicht eine noble Geste, meinem Können einfach zu trauen, das heißt, den Beweis so gut wie für erbracht zu halten und...

MERTEUIL Ich brauche ihn schriftlich, Vicomte.

Er zeigt sein charmantes Lächeln, aber sie bleibt ungerührt.

MERTEUIL Und jetzt mußt du gehen.

VALMONT Ich muß? Warum?

MERTEUIL Weil ich hungrig bin.

VALMONT Ja, ich habe auch einen ganz schönen Appetit.

MERTEUIL Dann geh heim und iß.

Stille. Dann geht er zu ihr hinüber und küßt ihr lange die Hand.

MERTEUIL Schriftlich.

Valmont lächelt, dreht sich um und geht groß ab.

5.

Eine Woche später. Nach dem Mittagessen. Der Salon in Madame de Rosemondes Schloß. Madame de Tourvel liegt ausgestreckt auf der Chaiselongue, ganz blaß. Cécile sitzt in der Fensternische, sie arbeitet an ihrem Gobelin. Madame de Rosemonde und Madame de Volanges sitzen am Kartentisch; nur Valmont ist auf den Beinen, geht im Raum herum, sein Blick wandert von Madame de Tourvel zu Cécile und wieder zurück.

ROSEMONDE Es wird dich freuen zu hören, mein Lieber, daß Armand wieder auf den Beinen ist und sogar arbeitet.

VALMONT Wer?

ROSEMONDE Monsieur Armand, du weißt doch, dessen Familie du so großzügig geholfen hast.

VALMONT Ach ja.

Er kommt zur Ruhe und setzt sich, sein Blick auf Madame de Tourvel. Als sie ihn anschaut, schaut er weg, ein paar Sekunden, auf Cécile, und freut sich, wenn er bemerkt, daß Madame de Tourvel, wenn er wieder zu ihr hinschaut, ihn immer noch anschaut, obwohl sie in dem Moment, in dem er sie ertappt, wieder verwirrt wegschaut.

ROSEMONDE Nur durch einen Zufall erfuhren wir, daß mein Neffe bei seinem letzten Besuch im Dorf war und ...

Valmont steht plötzlich auf, er starrt immer noch auf Madame de Tourvel.

VALMONT Fühlen Sie sich nicht wohl, Madame?

Einen Moment lang herrscht Verwirrung.

VALMONT Entschuldige, Tante, ich hatte den Eindruck, ganz plötzlich, als gehe es Madame de Tourvel gar nicht gut.

TOURVEL Ich ... nein, mir geht es gut.

Inzwischen sind Madame de Rosemonde und Madame de Volanges aufgestanden und eilen zu Madame de Tourvel, die jetzt wirklich krank aussieht, auch wenn sie es noch bestreitet. Als sie sich über sie beugen, wendet sich Valmont Cécile zu, die immer noch da sitzt, in Stick-Haltung, in der Fenster-Nische; er wirft ihr rasch einen Brief in den Schoß. Sie ist so verblüfft, daß sie einen Moment lang nur mit offenem Mund dasitzt: bis sie den Sinn von Valmonts ungeduldiger Gestik begreift, ihren Gobelin wegwirft und den Brief in die Tasche steckt. Schließlich, wieder auf einen Wink Valmonts, geht sie zur Chaiselongue, höfliches Interesse zeigend, und steht neben Valmont in respektvoller Entfernung vom Mittelpunkt der Aufmerksamkeit, Madame de Tourvel.

ROSEMONDE Sie sehen aber schon furchtbar blaß aus, meine Liebe.

TOURVEL Mir fehlt nichts.

VOLANGES Vielleicht brauchen Sie etwas Luft. Fühlen Sie sich irgendwie beengt?

TOURVEL Nein, wirklich...

VALMONT Madame de Volanges hat sicher recht, wie immer. Ein paar Schritte im Garten vielleicht.

ROSEMONDE Ja, ja, ein kleiner Spaziergang im Garten, es ist, glaube ich, nicht zu kühl.

TOURVEL Also gut. Vielleicht.

VOLANGES Kommen Sie, meine Liebe, wir alle gehen mit Ihnen.

TOURVEL Ich kann sehr gut allein gehen.

VALMONT Mit Verlaub, meine Damen, aber ich glaube, Sie sollten schon darauf bestehen, Madame zu begleiten.

Madame de Tourvel ist überfahren, verblüfft zieht sie ihre Brauen in die Stirn, läßt sich einen Schal um die Schultern legen, während sie von Madame de Rosemonde und Madame de Volanges zu der Terrassentür geführt wird.

ROSEMONDE Die frische Luft wird Ihnen gut tun.

VOLANGES Das Essen war etwas schwer, vielleicht...

ROSEMONDE Das kann es nicht sein, Solange ist eine ausgezeichnete Köchin...

Während dieses Wortwechsels hat Cécile ihren Schal geholt und will den anderen folgen. Als sie ihn sich um die Schultern legt, wird er ihr, zu ihrer Überraschung, von Valmont weggezogen; der wirft ihn auf einen Stuhl und flüstert ihr mit fast geschlossenem Mund zu.

VALMONT Kommen Sie zurück, um ihn zu holen.

Sie schaut ihn einen Moment lang fragend an und folgt dann den immer noch plaudernden Damen, die jetzt Madame de Tourvel in den Garten hinausführen. Einen Augenblick lang geht es nicht weiter. Valmont steht und geht im Zimmer herum, offensichtlich bester Dinge. Jetzt erscheint Cécile wieder und steht zögernd in der Tür. Valmont nimmt ihren Schal und geht auf sie zu.

VALMONT Um keinen Verdacht zu erregen, ganz kurz, Mademoiselle, bitte hören Sie genau zu. Daß der Brief, den ich Ihnen gegeben habe, von unserem Freund, dem Chevalier Danceny ist, haben Sie sicher erraten.

CÉCILE Ich habe es mir gedacht, Monsieur.

VALMONT Und daß das Aushändigen solcher Briefe alles andere als einfach ist, ist Ihnen auch klar. Ich kann nicht jeden Tag so ein Ablenkungsmanöver inszenieren.

CÉCILE Und Mama hat mir Federn und Papier weggenommen.

VALMONT Also, aufgepaßt: im Vorraum zu Ihrem Schlafzimmer gibt es zwei große Schränke. Im linken Schrank werden Sie Papier, Federn und Tinte finden.

CÉCILE Vielen, vielen Dank!

VALMONT Aus Sicherheitsgründen geben Sie Dancenys Briefe, wenn Sie sie gelesen haben, mir zurück.

CÉCILE Muß ich?

VALMONT Es empfiehlt sich.

In diesem Moment nimmt Valmont einen Schlüssel aus seiner Westentasche.

VALMONT Jetzt, dieser Schlüssel, er sieht aus wie der Schlüssel zu Ihrem Schlafzimmer, den Ihre Mutter, wie ich weiß, bei sich auf dem Kaminsims liegen hat, und zwar an einem blauen Bändchen. Sie nehmen den, binden ihn ans blaue Bändchen, legen ihn an die Stelle Ihres Zimmerschlüssels, den Sie dann mir bringen. Innerhalb von zwei Stunden lasse ich ein Doppel davon machen, gebe Ihnen das Original, Sie bringen es zurück in das Zimmer Ihrer Mutter. Dann kann ich jederzeit Ihre Briefe holen und die von Danceny bringen.

Er gibt Cécile den Schlüssel, sie nimmt ihn, nicht ohne Bedenken.

VALMONT Ach ja, in dem Fach unter dem Schreibpapier finden Sie eine Extrafeder und ein kleines Fläschchen mit Öl, damit können Sie Schloß und Angeln Ihrer Schlafzimmertür ölen.

CÉCILE Sind Sie sicher, Monsieur, ich weiß nicht, ob es richtig ist...

VALMONT Anders geht es nicht. Ihre Mutter läßt Sie keine Sekunde allein. Sie müssen mir schon vertrauen, meine Liebe.

CÉCILE Ja, ich weiß ja, daß Monsieur Danceny Ihnen ganz und gar vertraut...

VALMONT Glauben Sie mir, Mademoiselle, wenn ich etwas hasse, dann ist es Betrügerei. Nur aus inniger Freundschaft zu Danceny greife ich zu derartigen Methoden.

Cécile lächelt unsicher und steckt den Schlüssel weg. Offensichtlich hat sie noch immer Bedenken.

VALMONT Bitte, zurück jetzt zu Ihrer Mama und den anderen, bevor die einen Suchtrupp ausschicken.

CÉCILE Ja, Monsieur. Vielen Dank, Monsieur.

Sie dreht sich um und eilt mit ihrem Schal zurück in den Garten. Valmont schaut ihr nachdenklich nach.

VALMONT Keine Ursache.

Er geht hinüber zum Sessel und sinkt hinein, nimmt ein Buch von der Armstütze des Sessels, macht sich's bequem und beginnt zu lesen. Die Beleuchtung ändert sich. Es ist jetzt früher Abend. Valmont, der immer noch liest, schaut auf, als Madame de Tourvel das Zimmer betritt. Sie bleibt wie versteinert stehen, als sie Valmont erblickt, der sein Buch beiseite legt und sich erhebt.

VALMONT Ich hoffe, Sie fühlen sich jetzt etwas besser, Madame.

TOURVEL Hätte ich mich nicht wohl gefühlt, wäre es so schwierig zu erraten, wessen Schuld das wäre?

VALMONT Mich können Sie nicht meinen, Madame.

TOURVEL Sie haben versprochen abzureisen.

VALMONT Und bin abgereist.

TOURVEL Wie können Sie dann so unsensibel sein, uneingeladen und ohne Vorwarnung zurückzukommen?

VALMONT Ich habe hier in der Gegend etwas Dringendes zu erledigen. Es handelt sich dabei auch und vor allem um meine Tante.

TOURVEL Ich hoffe auf eine zügige Erledigung.

Inzwischen hat sich Madame de Tourvel vorsichtig der Zimmermitte genähert. Im Lauf der Unterhaltung schafft es Valmont, sich unmerklich zwischen sie und die Türe zu manövrieren.

VALMONT Warum sind Sie so wütend auf mich?

TOURVEL Ich bin nicht wütend. Obwohl ich allen Grund dazu hätte, da Sie mir in aller Form versprachen, mich in Ihren Zuschriften nicht zu beleidigen, und dann reden Sie gleich im ersten Brief von nichts als von den Tumulten der Liebe.

VALMONT Ich war fast drei Wochen weg und habe Ihnen nur dreimal geschrieben. Da ich praktisch an nichts anderes denken konnte als an Sie, könnte man mir auch eine heroische Selbstbeherrschung bescheinigen.

TOURVEL Nicht insofern Sie es nicht lassen konnten, über Ihre Liebe zu schreiben, obwohl ich Sie gebeten hatte, das nicht zu tun.

VALMONT Es ist wahr: ich war nicht stark genug, Ihnen zu gehorchen.

TOURVEL Angeblich glauben Sie an einen Zusammenhang zwischen Ihrer Art von Liebe und Glück. An so etwas kann ich nicht glauben.

VALMONT Unter diesen Umständen stimme ich Ihnen zu. Wenn die Liebe nicht erwidert wird ...

TOURVEL Wie es sich gehört. Sie wissen, daß es mir unmöglich ist, Ihre Gefühle zu erwidern; und sogar wenn ich sie erwiderte, ich hätte nur zu leiden, und Sie würden dadurch kein bißchen glücklicher.

VALMONT Über was, wenn nicht über meine Liebe hätte ich Ihnen denn schreiben können? Was gibt es denn noch? Ich glaube, ich habe alles getan, was Sie von mir verlangt haben.

TOURVEL Nicht im mindesten.

VALMONT Ich reiste ab, als Sie es wollten.

TOURVEL Und Sie kamen zurück.

Stille. Valmont will weiterkommen, er weiß nicht, wie.

TOURVEL Ich habe Ihnen meine Freundschaft angeboten, Monsieur. Das ist das einzige, was ich Ihnen geben kann: warum können Sie die nicht annehmen?

VALMONT Ich könnte so tun, als ob: das wäre unehrlich.

TOURVEL Sie haben meine Frage nicht beantwortet.

VALMONT Der, der ich einmal war, hätte sich zufriedengegeben mit Freundschaft, die er dann mit allen Tricks zu seinem Vorteil ausgebeutet hätte. Der bin ich nicht mehr. Ich kann nicht verheimlichen, daß ich Sie zärtlich liebe, leidenschaftlich liebe und vor allem ehrerbietig. Wie soll ich mich bis zur nichtssagenden Stufe einer Freundschaft degradieren?

Valmonts Strategie zahlt sich aus, denn jetzt entscheidet sich Madame de Tourvel, das Zimmer zu verlassen und findet den Weg blockiert.

VALMONT Und außerdem, Sie halten ja nicht einmal den Schein von Freundschaft aufrecht.

TOURVEL Was soll das heißen?

VALMONT Ist das etwa freundschaftlich?

TOURVEL Sie können kaum erwarten, daß ich zuhöre, wenn Sie Gefühle ausdrücken, die ich, wie Sie wohl wissen, nur als Beleidigung empfinde.

VALMONT Ich glaube, Sie verstehen mich falsch: Ich weiß, Sie können mir nicht mehr als Freundschaft geben, für die ich übrigens zutiefst dankbar bin. Ebenso kann ich für Sie nicht weniger als Liebe empfinden. Wir beide wissen, das ist unsere Lage. Können wir das nicht einfach zur Kenntnis nehmen? Oder bedeutet die Anerkennung der Wahrheit, daß ich auch noch Ihre Freundschaft verlieren muß. Müssen Offenheit und Ehrlichkeit bestraft werden?

TOURVEL Das können Sie, Monsieur, Fragen so hinbiegen,

daß die Antwort Nein unmöglich wird. Ihre Ehrlichkeit oder Ähnliches steht nicht zur Debatte. Es geht nur darum, daß ich schwach war, mich überreden ließ, Ihnen viel zu weit entgegenzukommen; und daß ich das tat unter bestimmten Bedingungen, von denen Sie nicht eine einzige eingehalten haben. Sie haben also mein Vertrauen mißbraucht.

VALMONT Was kann ich tun, Sie zu beruhigen? Wie können Sie sich ängstigen vor mir, bloß weil ich Sie liebe? Ihr Glück ist mir soviel wichtiger als mein eigenes. Sie haben einen besseren Menschen gemacht aus mir. Sie dürfen Ihr eigenes Werk nicht wieder vernichten.

TOURVEL Das will ich nicht. Aber ich muß jetzt wissen: gehen Sie aus dem Zimmer oder lassen Sie mich vorbei?

VALMONT Warum denn?

TOURVEL Weil ich dieses Gespräch quälend finde. Offenbar kann ich Ihnen nicht begreiflich machen, was ich meine, und ich habe keine Lust zuzuhören, wie Sie sich immer wieder entschließen, dasselbe nochmal zu sagen.

VALMONT Schön, dann werde ich alles Ihnen überlassen.

TOURVEL Danke.

VALMONT Wie Sie verlangen, werde ich meine Geschäfte rasch erledigen. Aber wir müssen unter einem Dach leben, ein paar Tage sicher, könnten wir es nicht willig ertragen, daß das Schicksal uns zusammenbringt. Wir müssen uns doch nicht gleich aus dem Weg gehen!

Stille. Valmont wartet.

TOURVEL Natürlich nicht. Vorausgesetzt, Sie halten sich an meine paar Regeln.

VALMONT Ich werde Ihnen gehorchen, wie immer. Wenn Sie mich besser kennen würden, wüßten Sie, wie Sie mich verändert haben. Meine Freunde in Paris haben das sofort gesagt. Auf einmal bin ich die Milde in Person, wohltätig, gewissenhaft, keuscher als ein Mönch...

TOURVEL Keuscher?

VALMONT Na ja, so drücken sie's in Paris aus.

Pause.

Alles Ihr Einfluß. Ich habe Ihnen zu danken. Also, guten Abend.

Er verbeugt sich tief, dreht sich um, geht auf die Tür zu.

TOURVEL Monsieur ...?

VALMONT Ja?

Sie sieht ihn einen Moment lang an, verstört: dann schüttelt sie den Kopf.

TOURVEL Nichts.

Valmont dreht sich weg, erlaubt sich ein geheimes Lächeln und geht hinaus. Madame de Tourvel steht lange still, reglos, fixiert auf einen inneren Kampf.

6.

Vierzehn Tage später. Mitten in der Nacht: Céciles Schlafzimmer im Schloß. Dunkelheit. Cécile schläft fest. Nach einer Weile hört man das Geräusch eines Schlüssels im Schloß. Es funktioniert spielend. Valmont stiehlt sich ins Zimmer. Er trägt einen Morgenmantel und eine abgedunkelte Laterne. Er geht zum Bett hinüber und steht einen Moment, die immer noch schlafende Cécile betrachtend. Er stellt die Laterne vorsichtig ab und, nachdem er überlegt hat, beugt er sich vor und schlägt ganz sachte die Decken zurück. Sie reagiert auf die Störung, aber sie erwacht immer noch nicht. Valmont legt ihr eine Hand über den Mund. Ihre Augen öffnen sich weit und erschrocken. Valmont lächelt zu ihr hinunter und spricht im Flüsterton.

VALMONT Nur keine Angst.

Er nimmt seine Hand weg. Sie starrt ihn immer noch an.

CÉCILE Haben Sie ... haben Sie einen Brief gebracht?

VALMONT Nein. Oh nein.

CÉCILE Dann was ...?

Anstatt zu antworten, beugt er sich über sie, um sie zu küssen. Ein kurzer, heftiger Kampf, in dem Cécile sich mit Erfolg gegen den Kuß wehrt, aber sie ist total überrascht, als Valmont mit einer Hand unter ihr Nachthemd fährt, ihre Augen werden groß vor Schreck, aber ihr Schrei wird sofort erstickt, weil Valmonts andere Hand sich über ihren Mund legt. Sie entwindet sich ihm entschlossen, kriegt ihren Kopf frei, wirft sich quer über's Bett, um den Glockenzug zu erreichen. Valmont wirft sich seinerseits auf das Bett, kriegt gerade noch ihr Handgelenk zu fassen. Sie ringen heftig und lautlos, bis er es schafft, sie unter sich zu kriegen.

VALMONT Das darfst du nicht. Was willst du deiner Mutter sagen, wenn sie kommt? Wie erklärst du ihr, zum Beispiel, daß ich deinen Schlüssel habe? Wenn ich ihr sage, daß du mich eingeladen hast, ich habe das Gefühl, sie glaubt mir.

Seine Hand ist jetzt wieder in derselben Position, sie liegen nebeneinander im Bett.

CÉCILE Was wollen Sie?

VALMONT Ich weiß es nicht, was glaubst du?

CÉCILE Nein, bitte, nicht. Bitte.

VALMONT Na gut. Ich will nur, daß du mir einen Kuß gibst.

CÉCILE Einen Kuß?

VALMONT Das ist alles.

CÉCILE Und dann gehen Sie?

VALMONT Dann geh' ich.

CÉCILE Das versprechen Sie?

VALMONT Wie du willst.

Cécile läßt sich aufs Kissen zurückfallen, mit einem leichten Seufzen, und spricht, fast unhörbar.

CÉCILE Also.

Ohne seine Hand zu entfernen, beugt Valmont sich über sie und gibt ihr einen langen Kuß. Nach einer Weile richtet er sich auf, aber es sieht nicht so aus, als wolle er wirklich gehen.

CÉCILE Also?

VALMONT Sehr nett.

CÉCILE Nein, ich meine, gehen Sie jetzt?

VALMONT Ach, ich glaube nicht.

CÉCILE Aber Sie haben es versprochen.

VALMONT Ich versprach zu gehen, wenn du mir einen Kuß

gegeben hast. Aber du hast mir keinen Kuß gegeben. Ich habe dir einen Kuß gegeben, das ist etwas völlig anderes.

Stille. Cécile schaut ihn unglücklich an. Er schaut sie auch an, ruhig abwartend.

CÉCILE Und wenn ich Ihnen einen Kuß gebe?

VALMONT Das habe ich ja gesagt.

CÉCILE Und Sie versprechen es wirklich?

VALMONT Wir könnten es uns ein bißchen bequemer machen, ja?

CÉCILE Versprechen Sie's?

Valmont breitet die Decke über beide und lehnt sich zurück, um an ihr hinunterzusehen. Er bringt seine Hand in die alte Position, Cécile fährt hoch.

CÉCILE Bitte, tun Sie das nicht.

VALMONT Ich nehm sie weg. Nach dem Kuß.

CÉCILE Versprochen?

VALMONT Ja, ja.

CÉCILE Schwören Sie's?

VALMONT Ich schwöre. Jetzt leg deine Arme um mich.

Cécile gibt ihm einen langen, überraschend intensiven Kuß, ihre Augen sind fest geschlossen. Plötzlich reißt sie sich so gut wie möglich los von ihm, ihre Augen sind groß vor Verwunderung. Langsam kommt Valmonts Hand unter der Decke hervor. Cécile sieht immer noch erschrocken aus.

VALMONT Bitte! Ich habe gesagt, daß ich meine Hand wegnehmen werde.

7.

Am nächsten Tag, dem 1. Oktober. Die tiefstehende Nachmittagssonne scheint durch die Fenster des Salons in Madame de Rosemondes Schloß. Zuerst ist der Raum leer, dann erscheint Cécile, Arm in Arm mit Madame de Merteuil, von der sie offensichtlich gestützt wird. Cécile sieht erschöpft und verwirrt aus; Merteuil besorgt.

MERTEUIL Mein Liebes, wirklich helfen kann ich dir nur, wenn du mir sagst, was dich bedrückt.

CÉCILE Ich kann nicht, ich kann einfach nicht.

MERTEUIL Haben wir nicht ausgemacht, keine Geheimnisse vor einander zu haben.

CÉCILE Ich bin so unglücklich.

Sie bricht in Tränen aus. Merteuil nimmt sie in ihre Arme und streichelt sie mechanisch; ihr Ausdruck ist, solange sie von Cécile nicht gesehen wird, gelangweilt und ungeduldig.

CÉCILE Alles geht schief seit dem Tag, an dem Mama Dancenys Briefe gefunden hat.

MERTEUIL Das war auch sehr dumm von dir. Das hätte dir nicht passieren dürfen.

CÉCILE Jemand muß es ihr gesagt haben. Sie ging direkt auf den Schreibtisch zu und zog die Schublade heraus, in der ich sie aufbewahrte.

MERTEUIL Wer kann das bloß gewesen sein?

CÉCILE Das Zimmermädchen vielleicht.

MERTEUIL Oder dein Beichtvater?

CÉCILE Oh nein, sicher nicht.

MERTEUIL Denen ist nicht zu trauen, meine Liebe.

CÉCILE Schrecklich.

MERTEUIL Aber heute, was ist heute los?

CÉCILE Sie werden böse sein mit mir.

MERTEUIL Vielleicht willst du, daß ich dir böse bin?

Cécile schaut zu Merteuil auf, überrascht von der Schärfe der Frage.

MERTEUIL Also!

CÉCILE Ich weiß nicht, wie ich es aussprechen soll.

MERTEUIL Vielleicht werde ich jetzt doch ein bißchen böse.

Sie hat ruhig gesprochen. Jetzt folgt ein ausgedehntes Schweigen. Schließlich holt Cécile tief Atem.

CÉCILE Letzte Nacht...

MERTEUIL Ja.

CÉCILE Damit die Briefe zwischen Danceny und mir hin- und hergehen konnten, hatte ich Monsieur de Valmont den Schlüssel zu meinem Schlafzimmer gegeben...

MERTEUIL Ja.

CÉCILE In der letzten Nacht benutzte er ihn: Ich dachte, er komme nur, um mir einen Brief zu bringen. Keine Spur. Aber bis ich merkte, warum er gekommen war, war es, es war zu spät, ihn aufzuhalten...

Sie bricht in Tränen aus; aber diesmal nimmt Merteuil sie nicht in ihre Arme. Statt dessen betrachtet sie sie einen Augenblick kühl, bevor sie spricht.

MERTEUIL Du willst mir also erzählen, du seist unglücklich, weil Monsieur de Valmont dir etwas beigebracht hat, was du für's Leben gern gelernt hast?

Céciles Tränen hören jäh auf, sie schaut schockiert auf.

CÉCILE Bitte?

MERTEUIL Willst du damit sagen, daß das, was ein Mädchen normalerweise auf den Geschmack bringt, dir denselben verdorben hat?

CÉCILE Sie sind nicht entsetzt?

MERTEUIL Sag mal: hast du dich gewehrt?

CÉCILE Natürlich, und wie.

MERTEUIL Aber er hat dich dazu gezwungen?

CÉCILE Nicht direkt. Aber ich konnte mich einfach nicht verteidigen.

MERTEUIL Warum nicht? Hat er dich gefesselt?

CÉCILE Nein, nein, aber er dreht alles so, daß man einfach keine Antwort findet.

MERTEUIL Nicht einmal Nein?

CÉCILE Ich habe ja die ganze Zeit Nein gesagt: aber was ich getan habe, war irgendwie anders. Und am Ende...

MERTEUIL Ja?

CÉCILE Ich habe gesagt, er könne heute nacht wiederkommen.

Stille. Cécile scheint wieder weinen zu wollen.

CÉCILE Ich schäme mich so.

MERTEUIL Mit der Scham ist es wie mit dem Schmerz: beides tritt nur beim ersten Mal auf.

Cécile Heute morgen, das war schrecklich. Sobald ich Mama sah, ich mußte einfach losheulen.

Merteuil Warum nicht gleich eine melodramatische Szene mit Geständnis! Dann hättest du keine Probleme mehr mit der nächsten Nacht, sondern könntest deine Koffer packen fürs Kloster.

Cécile Was soll ich bloß tun?

Merteuil Willst du wirklich meinen Rat?

Cécile Bitte.

Merteuil denkt nach.

Merteuil Gestatte Monsieur de Valmont, den Unterricht fortzusetzen. Mach deiner Mutter klar, daß du Danceny vergessen hast. Keinerlei Widerstand gegen die Heirat.

Cécile Mit Monsieur Gercourt?

Merteuil Wenn's ans Heiraten geht, ist ein Mann so gut wie der andere: und selbst der unbequemste macht weniger Schwierigkeiten als eine Mutter.

Cécile Aber was wird aus Danceny?

Merteuil Der hat die nötige Geduld. Und wenn du erst mal verheiratet bist, kannst du dich ohne unzumutbare Schwierigkeiten mit ihm treffen.

Cécile Sie haben doch einmal zu mir gesagt, ich weiß noch genau, es war in Ihrer Loge, wenn ich verheiratet sei, müsse ich meinem Mann treu sein.

Merteuil Da mußt du dich verhört haben. Das stammt wahrscheinlich aus der Oper.

Cécile Das heißt, Sie raten mir, ich soll das mit drei verschiedenen Männern tun?

Merteuil Dummes Kind. Ich sage, wenn du ein paar elementare Vorsichtsmaßregeln einhältst, kannst du es mit so vielen Männern tun, wie du willst, so oft du willst und auf so viele verschiedene Arten du willst. Unser Geschlecht bietet nicht allzu viele Vorteile, aber die paar, die wir haben, dürfen wir auch ausbeuten. Da kommt Mama. Also, denk dran. Vor allem: Schluß mit der Heulerei!

Cécile Ja, Madame.

Inzwischen ist Madame de Volanges mehr oder weniger bei ihnen angelangt. Sie grüßt Merteuil oberflächlich. Ihr Interesse ist fast ganz Cécile zugewandt, die jetzt einen tief nachdenklichen Eindruck macht.

VOLANGES Wie fühlst du dich jetzt, mein Kind?

CÉCILE Oh, viel besser, danke Mama.

VOLANGES Du siehst so müde aus. Ich glaube, du solltest ins Bett gehen.

CÉCILE Nein, wirklich, ich habe...

MERTEUIL Ich glaube, du solltest tun, was deine Mutter sagt. Wir können dir etwas aufs Zimmer bringen lassen. Du wirst sehen, das tut dir gut.

CÉCILE Vielleicht haben Sie recht, Madame.

Sie knickst vor Merteuil und küßt ihre Mutter auf beide Wangen.

VOLANGES Ich komme später noch hinauf.

Cécile exekutiert einen geziert bescheidenen Abgang, den die Damen beobachten. Als sie das Zimmer verlassen hat, wendet sich Madame de Volanges zurück zu Merteuil.

VOLANGES Sie haben einen so guten Einfluß auf sie.

MERTEUIL Das möchte ich zu gern glauben. Aber was, glauben Sie, ist los?

VOLANGES Hat sie's Ihnen nicht erzählt?

MERTEUIL Nein, wir sprachen bloß davon, wie gut es ihr auf dem Land gefällt.

VOLANGES Das zeigt mir, daß ich den Grund für ihr Elend richtig erkannt habe. Sie verzehrt sich nach dem jungen Mann. Ich fürchte, es greift allmählich ihre Gesundheit an.

MERTEUIL Wirklich?

VOLANGES Heute morgen, ich habe sie bloß gefragt, wie sie geschlafen habe, und sie wirft sich mir in die Arme und heult und heult.

Madame de Volanges seufzt tief. Dann wendet sie sich entschlossen an Merteuil.

VOLANGES Meine Liebe, ich wäre sehr dankbar, wenn ich darüber ernsthaft mit Ihnen sprechen dürfte. Ich habe den ganzen Tag darüber gebrütet, jetzt merke ich, daß ich einfach Ihren Rat brauche.

MERTEUIL Liebe Freundin, ich bitte Sie, Ihnen auch nur ein bißchen helfen zu können, es wäre mein ganzer Stolz.

VOLANGES Ich habe alles noch einmal überdacht. Céciles Verlobung mit Monsieur de Gercourt.

Merteuils Kopf fährt hoch.

Der Comte de Gercourt ist zweifellos eine bessere Partie als Danceny, aber soviel besser ist die Familie auch wieder nicht. Danceny ist zwar nicht reich, aber ich darf sagen, Cécile ist reich genug für beide! Und das Wichtigste: sie lieben sich. Meinen Sie nicht auch?

Stille. Merteuil denkt heftig nach.

VOLANGES Sie finden, ich mache einen Fehler.

MERTEUIL Ich weiß, zuletzt werden Sie richtig entscheiden. Wenn ich aber die Situation doch objektiver beurteilen könnte als Sie, dann nur, weil ich hier nicht beeinflußt bin durch das sonst so löbliche Gefühl der Mutterliebe.

VOLANGES Bitte, sprechen Sie weiter, ich verlasse mich so auf Ihr Urteil.

MERTEUIL Ich glaube, man muß hier zuerst einmal unterscheiden, was ist richtig und was ist angenehm. Zu sagen, dieser junge Mann hat ein Recht auf Ihre Tochter, bloß weil er eine Leidenschaft hat für sie, ist fast, wie wenn man sagte, ein Dieb hat ein Recht auf Ihr Geld. Ich weiß überhaupt nicht, ob Liebe ein wünschenswertes Gefühl ist, sogar in einer Ehe. Freundschaft, Vertrauen, gegenseitige Achtung halte ich für unendlich viel wichtiger.

VOLANGES Und von Danceny halten Sie nichts?

MERTEUIL Als Bewerber kann man die beiden überhaupt nicht vergleichen miteinander. Ich weiß, Geld ist nicht alles, aber reichen 60000 pro Jahr wirklich aus, um ein so großes Haus zu führen wie es Cécile auch als Madame Danceny führen muß. Bitte, ich will keinesfalls sagen, Danceny habe sich von finanziellen Überlegungen leiten lassen...

VOLANGES Aber?

MERTEUIL Das ist alles.

Schweigen. Madame de Volanges überlegt.

MERTEUIL Wie gesagt, das ist nur eine Meinung. Die Entscheidung liegt bei Ihnen.

VOLANGES Ja.

MERTEUIL Wollen Sie die wirklich abhängig machen von der Heftigkeit eines solchen Ausbruchs, den man schon rein medizinisch ohne weiteres erklären könnte.

VOLANGES Vielleicht haben Sie recht.

MERTEUIL Auf jeden Fall, hoffe ich, daß wir uns darüber in Paris noch ausführlich unterhalten können.

Sie begleitet diese Bemerkung mit einer Geste, die Madame de Volanges auf die Tatsache hinweist, daß Valmont das Zimmer betreten hat. Valmont verbeugt sich, als sich die Damen ihm zuwenden.

VALMONT Meine Damen.

VOLANGES Bitte entschuldigen Sie mich, Monsieur, ich muß noch dafür sorgen, daß meiner Tochter das Abendessen hinaufgebracht wird.

VALMONT Ach, ist ihr nicht wohl?

VOLANGES Nur momentan.

VALMONT Die Jugend hat diese wundervolle Regenerationsfähigkeit. Ich bin sicher, daß sie schnell wieder obenauf ist. Sagen Sie ihr, das zumindest sei meine Hoffnung.

VOLANGES Danke, Monsieur.

Schnell verläßt sie das Zimmer. Valmont sieht zu, wie sie hinausgeht, dann dreht er sich wieder um und grinst Merteuil an.

VALMONT Siehst du, sie hält es kaum aus, mit mir im selben Zimmer.

MERTEUIL Deine Rache hast du also gehabt. Gut gemacht.

VALMONT Du weißt also?

MERTEUIL Die Kleine war ganz wild darauf, mir alles zu erzählen.

VALMONT Doch wohl ein positiver Bericht?

MERTEUIL Keine Spur, Vicomte, hätte ich nicht so auf sie

eingeredet, ich glaube, du hättest die Tür beim nächsten Besuch verriegelt und verschlossen gefunden.

VALMONT Das überrascht mich. Ich war so gemein, nur so viel Kraft zu gebrauchen, daß sie mich leicht hätte abwehren können.

MERTEUIL Sie sieht's eher als heimtückischen Überfall.

VALMONT Offen gesagt, ich wollte nicht so recht ran, aber dann hieß es, daß du heute kommst, da wollte ich dir doch ein bißchen was bieten.

MERTEUIL Bloß gut, daß ich gekommen bin, du mit deinem Tatendrang hättest um ein Haar den ganzen Plan sabotiert.

VALMONT Wie kommst du denn darauf?

MERTEUIL Madame de Volanges fand Céciles Aussehen heute morgen so besorgniserregend, daß sie beschloß, die Ehe mit Danceny jetzt doch zu genehmigen.

VALMONT Nein.

MERTEUIL Ich glaube, ich habe es ihr ausreden können: aber Tatsache bleibt, du hättest uns beinahe unsere Rache an Gercourt versaut.

VALMONT So ein Anfall von Mitgefühl war einfach nicht zu erwarten. Soviel ich weiß, waren bei Mutter Volanges bisher keinerlei Anzeichen für sowas zu beobachten.

MERTEUIL Allmählich zweifle ich, ob du deinen Ruf wirklich verdienst. Der einzige Grund, warum ich mich bereitfinde, in so einem kümmerlichen Quartier eine Nacht zu verbringen: ich habe gehofft, ein tränenfeuchtes Stück Papier sehen zu dürfen.

VALMONT Ach.

MERTEUIL Aus dem, was du sagst, höre ich: ein solches Dokument gibt es nicht.

VALMONT Nein.

MERTEUIL Auch egal, du mußt ja ganz kaputt sein nach den Mühen der letzten Nacht.

VALMONT Du müßtest mich eigentlich besser kennen.

MERTEUIL Na ja, ich bin nicht mehr so sicher. Kannst du mir diese seltsame Saumseligkeit erklären?

VALMONT Auch wenn du's erbärmlich findest, ich habe mich in all den Wochen hier keine Sekunde gelangweilt. Du hast sicher fabelhafte Gründe für deine Ungeduld, aber meine schlichten Freuden darfst du mir nicht nehmen. Ich habe dir schon einmal erklärt, wie ich es genieße, dem Kampf zwischen Liebe und Tugend zuzuschauen.

MERTEUIL Was mich beunruhigt, ist, daß du offenbar jetzt das Zuschauen mehr genießt als früher das Siegen.

VALMONT Alles zu seiner Zeit.

MERTEUIL Das Jahrhundert neigt sich seinem Ende zu, Vicomte.

VALMONT Ja, sie widersteht mir jetzt seit mehr als zwei Monaten, das ist schon fast ein Rekord. Aber ich will einfach nichts übereilen. Wir gehen fast jeden Tag miteinander spazieren: jedesmal ein bißchen weiter auf dem Pfad, auf dem es kein Zurück gibt. Sie akzeptiert meine Liebe, ich ihre Freundschaft; wir beide wissen, wie klein der Unterschied ist. Sie verschließt ihre Augen. Jeder Schritt, den sie tut, um sich von dem unvermeidbaren Ziel zu entfernen, bringt sie ein bißchen näher hin. Hoffnungen und Ängste, Leidenschaft und Spannung: mehr kriegst du in keinem Theater.

MERTEUIL Kein Publikum.

VALMONT Und du: du bist mein Publikum. Und wenn Gercourt verheiratet ist und Madame de Tourvel endlich zusammenbricht, erzählen wir es allen. Und die Geschichte wird schneller herum sein als die Handlung des neuesten Stücks und wird zweifellos viel besser ankommen.

MERTEUIL Hoffentlich hast du recht, Vicomte, deinen Optimismus möchte ich haben.

VALMONT Ich bedaure nur, daß sich unsere Vereinbarung eher auf die Aufgabe bezieht, die du mir gestellt hast, als auf die, die ich mir selber stellte.

MERTEUIL Zum Glück. Sonst wäre es geradezu beleidigend leicht für dich. Der Tenor kriegt seinen Beifall nicht fürs Räuspern.

VALMONT Du hast recht, der Unterschied zwischen unserer ...

Er bricht ab, als Madame de Rosemonde ins Zimmer kommt, gefolgt von Madame de Tourvel. Madame de Rosemonde hastet zu Merteuil hin, um sie zu umarmen. Merteuil reagiert überzeugend, aber es ist klar, daß sie den Blick, der zwischen Valmont und Madame de Tourvel gewechselt wird, sofort registriert hat, ein Blick, der zeigt, daß es wirklich einen Fortschritt gegeben hat in ihrem Verhältnis.

ROSEMONDE Es freut mich so, daß Sie es einrichten konnten, wenn auch nur für so kurze Zeit.

MERTEUIL Ich würde so gern länger bleiben, Madame, aber der Nachlaß meines Mannes...

ROSEMONDE Also wissen Sie, gestern dachte ich daran, es sind mehr als fünf Jahre, seit Sie das letzte Mal da waren, mit Ihrem lieben Gatten. So ein gütiger und so ein kraftvoller Mann, wer hätte gedacht, ach ja...

Merteuil, die in der Mitte steht, hat Madame de Tourvel beobachtet und, noch genauer, Valmont, der wirklich verloren ist im Anschauen von Madame de Tourvel. Was sie sieht, gefällt ihr nicht. Sie ist ganz offensichtlich verärgert, trotzdem kriegt Madame de Rosemonde von ihr nach einer geradezu winzigen Pause eine höfliche Antwort.

MERTEUIL Ja, Madame, man muß zugeben, das Leben ist erschreckend unvorhersehbar.

8.

Zwei Nächte später. Valmonts Schlafzimmer im Schloß. Zuerst ist es leer, ein paar Kerzen geben ein schwaches Licht. Jetzt erscheint Valmont mit seiner abgeblendeten Laterne, er begleitet Cécile ins Zimmer. Beide in Morgenmänteln. Cécile schaut ein wenig ängstlich im Zimmer herum.

VALMONT Nicht viel anders als bei dir, aber hier kannst du soviel Lärm machen wie du willst.

Er ist am Bett angekommen und drückt die Matratze hinunter.

VALMONT Die Matratze ist etwas härter.

CÉCILE Ist das gut?

VALMONT Ja, sehr gut.

Cécile stößt einen Schrei aus, wirft ab, was sie anhat, und springt ins Bett. Sie federt kurz auf und ab. Valmont steht und schaut auf sie hinab.

CÉCILE Komm.

Darauf streckt sich Valmont der Länge nach auf dem Bett aus, seine Hände unterm Kopf.

VALMONT Das erste, was du lernen mußt: es gibt überhaupt keinen Grund zur Eile.

Er langt hinüber, um sie zu liebkosen.

VALMONT Dann. Wie bei jeder anderen Wissenschaft ist auch hier das erste Prinzip, daß du ja alles beim richtigen Namen nennst.

CÉCILE Ich verstehe nicht, warum man überhaupt sprechen muß dabei.

VALMONT Wie willst du mir ohne das entsprechende Vokabular mitteilen, wie du es gern hättest, wie mir vorschlagen, was mir gefallen könnte?

CÉCILE Man sagt doch bloß...

VALMONT Schau, wenn ich meine Arbeit richtig tu', glaube ich, du könntest Monsieur de Gercourt in der Hochzeitsnacht ganz schön überraschen.

CÉCILE Würde ihn das freuen?

VALMONT Er muß natürlich annehmen, daß deine Mutter ihre Pflicht getan und dich glänzend instruiert hat.

Cécile bricht in Gelächter aus.

CÉCILE Mama könnte überhaupt nicht sprechen über so etwas.

VALMONT Das glaube ich nicht! Immerhin gehörte sie einmal zu den berüchtigten jungen Frauen von Paris.

CÉCILE Mama?

VALMONT Oh ja. Bekannter für ihren Eifer als für ihre Leistung, wenn ich mich recht erinnere, aber eben doch berühmt. Es gab eine bekannte Geschichte, ach, lang vor deiner Geburt, als sie bei der Comtesse de Beaulieu zu Besuch war, die ihr taktvollerweise ein Zimmer gab zwischen deinem Vater und Monsieur de Vressac, der damals ihr offizieller Liebhaber war. Und trotz dieses vorsorglichen Arrangements schaffte sie es, die Nacht mit einem dritten zu verbringen.

Cécile lacht wieder.

CÉCILE Das glaube ich nicht; das ist nichts als Tratsch.

VALMONT Nein, nein, ich versichere dir, das ist wahr.

CÉCILE Woher weißt du das?

VALMONT Der dritte war ich.

Cécile bleibt der Mund offen. Einen Moment lang starrt sie Valmont entsetzt an. Er antwortet mit einem sanften Lächeln, und plötzlich muß sie auch lächeln. Valmont schlägt die Decke zurück.

VALMONT Auf dieses Thema können wir ja später zurückkommen. Während der Pausen. Du hast gefragt, ob Monsieur de Gercourt sich freuen würde, wenn du schon etwas kannst. Die Antwort: wenn nicht er, dann ein anderer, Bildung ist nie umsonst.

Er greift hinüber und legt seine Hand um ihren Kopf und zieht sie zu sich hin.

VALMONT Beginnen wir also mit ein paar lateinischen Grundbegriffen.

9.

Am nächsten Abend. Spät. Madame de Tourvel allein im Salon. Noch ist der Kartentisch mit Karten übersät. Madame de Tourvel treibt ziellos durchs Zimmer, schaut immer wieder zur Tür. Einen deutlichen Grund für ihren Aufenthalt in diesem Zimmer hat sie offenbar nicht. Aber sobald Valmont – er wirkt elegant, aber nicht stark – in der Tür erscheint, setzt sie sich in Bewegung, hastet zum Tisch und fängt an, die Karten zu ordnen.

VALMONT Sie sind allein, Madame.

Als Madame de Tourvel schwach antwortet, tritt er vollends ein.

TOURVEL Die anderen wollten alle früh zu Bett. Besonders Madame de Volanges scheint ganz erschöpft zu sein.

VALMONT Ich muß zugeben, ich bin auch ziemlich müde.

Er greift nach den Karten, streift dabei ihre Hand, das hat zur Folge, daß sie die Karten fallen läßt, die sie schon gesammelt hat.

TOURVEL Nein, sicher wird das das Personal...

Sie geht weg vom Tisch, etwas verwirrt, geht zur Chaiselongue. Valmont beobachtet sie.

VALMONT Ich bin froh, daß ich Sie gefunden habe, ich vermißte unseren Spaziergang heute sehr.

TOURVEL Ja...

VALMONT Ich fürchte, bei diesem Wetter werden wir das Vergnügen nicht mehr oft haben.

TOURVEL Daß es so regnet, ist ganz ungewöhnlich.

VALMONT Und in einer Woche habe ich meine Angelegenheiten erledigt.

TOURVEL Ach ja.

Sie hält inne, von dieser Nachricht betroffen. Valmont kommt sehr langsam näher.

VALMONT Aber vielleicht bin ich unfähig, tatsächlich abzureisen.

Madame de Tourvel dreht sich, um ihm ins Gesicht zu sehen. Widerstreitende Gefühle beherrschen sie.

TOURVEL Ich bitte Sie, Sie müssen!

VALMONT Sind Sie immer noch so begierig, mich loszuwerden?

TOURVEL Sie kennen die Antwort. Ich bin angewiesen auf Ihren Anstand, Ihre Großmut. Ich möchte Ihnen dankbar sein können.

VALMONT Sehen Sie es mir nach, wenn ich sage, an Ihrer Dankbarkeit liegt mir nicht. Dankbarkeit kann ich von jedem Fremden haben, von Ihnen will ich etwas viel Tieferes.

TOURVEL Ich weiß, Gott bestraft mich für meinen Stolz. Ich war so sicher, daß mir so etwas nie passieren könnte.

VALMONT Was könnte Ihnen nie passieren?

TOURVEL Ich kann nicht...

VALMONT Meinen Sie Liebe? Ist es Liebe, was Sie meinen?
Er steht jetzt neben ihr und nimmt ihre Hand. Sie setzt sich in Bewegung, aber entzieht ihre Hand nicht.

TOURVEL Fragen Sie mich nicht, Sie haben versprochen, nicht davon zu sprechen.

VALMONT Aber ich muß es wissen. Diesen Trost wenigstens brauche ich.
Stille. Madame de Tourvel hält noch immer Valmonts Hand, aber sie kann sich nicht dazu bringen, ihn anzusehen. Valmont wirft einen kurzen Blick auf die Chaiselongue.

TOURVEL Ich kann nicht... begreifen Sie nicht? Es ist unmöglich...

VALMONT Natürlich verstehe ich, Sie müssen nichts sagen, aber ich muß es wissen, ich muß wissen, ob Sie mich lieben, sprechen Sie nicht, Sie müssen nicht sprechen, ich will nur, daß Sie mich anschauen. Nur anschauen. Das ist alles, worum ich bitte.
Lange Stille. Dann hebt Madame de Tourvel langsam ihren Blick bis zu seinem.

TOURVEL Ja.
Einen Moment lang sind sie bewegungslos. Dann läßt Valmont ihre Hand los und hebt seinen Arm, um sie zu umarmen. Als er das tut, verdreht sie plötzlich die Augen und bricht, nach der Seite hin, zusammen, was ihn zwingt, sie aufzufangen. Sie schwankt einen Moment lang in seinen Armen, kommt dann zu sich und reißt sich gewaltsam weg von ihm. Dann bricht sie in Tränen aus. Sie steht einen Moment lang da, wild schluchzend, eilt dann zu Valmont hinüber, fällt auf die Knie und wirft ihre Arme um seine Beine.

TOURVEL Um Himmelswillen, Sie müssen mich verlassen, wenn Sie mich nicht umbringen wollen, Sie müssen mir helfen, es bringt mich um!
Valmont, zuerst etwas erstaunt über ihre Intensität, sammelt sich und richtet sie auf. Einen Moment lang schwanken sie zusammen in einer unbeholfenen Umarmung; dann hört Madame de Tourvels Schluchzen plötzlich auf, ihre Zähne

schlagen aufeinander, es folgen fast epileptische Krämpfe. Erschrocken zieht Valmont sie in seine Arme und trägt sie hinüber zur Chaiselongue, wo er sie sachte hinlegt. Die Krämpfe dauern an, ihre Zähne sind jetzt fest zusammengebissen. Ihr Gesicht ist blutleer. Er beugt sich zu ihr, um ihr das Mieder zu lockern, während sie hilflos zu ihm hinaufstarrt. Er hält einen Moment inne, schaut auf sie hinab, ihre Gesichtszüge entspannen sich. Sie schauen einander an. Es geht etwas zwischen ihnen vor; und diesmal ist es Valmont, der wegschaut; etwas wie Scham hemmt seinen Ausdruck. Madame de Tourvel verfällt wieder in ihren Schock, Valmont reißt sich los und rennt zur Tür hinüber, schreiend.

VALMONT Adéle!

Er verläßt das Zimmer, man hört einen Augenblick später seine Stimme.

VALMONT *Draußen.*

Hol Madame! Madame de Tourvel ist krank.

Er eilt zurück ins Zimmer, zur Chaiselongue hinüber. Als er dort ankommt, streckt Madame de Tourvel eine Hand zu ihm hinauf. Er nimmt sie zwischen seine Hände. Er wirkt verwirrt. Er steht da, still, gedankenvoll, während er ihre Hand massiert. Jetzt erscheint Madame de Rosemonde, geleitet von ihrem Mädchen. Sie gackert besorgt und eilt zur Chaiselongue. Valmont läßt Madame de Tourvels Hand los.

VALMONT Sie hatte Atemschwierigkeiten, glaube ich.

ROSEMONDE Ach, meine Liebe, was fehlt uns denn?

Madame de Tourvel bewegt sich, und es gelingt ihr ein schwaches Lächeln.

TOURVEL Es ist gut, mir geht es gut jetzt.

VALMONT Ich werde sie deinen kompetenten Händen überlassen, Tante. Schicke Adéle, falls du mich brauchen kannst.

Immer noch merkwürdig verlegen wirkend, verläßt er das Zimmer.

ROSEMONDE Wir müssen den Arzt holen.

Madame de Tourvel erwacht aus der Stimmung, in der sie Valmonts Abgang beobachtet hat.

TOURVEL Nein, nein, bitte, ich brauche keinen Arzt, mir geht es jetzt sehr gut.

ROSEMONDE Nur um ganz sicher zu sein.

TOURVEL Nein, ich muß nur ... nur einen Moment mit Ihnen sprechen.

Madame de Rosemonde wird ernst, aber nicht alarmiert. Sie dreht sich um zu dem Mädchen. Das Mädchen knickst und geht. Madame de Tourvel winkt Madame de Rosemonde zu sich.

TOURVEL Kommen Sie, setzen Sie sich zu mir. Ich kann nicht sehr laut sprechen. Was ich zu sagen habe, ist so schwierig.

Madame de Rosemonde setzt sich auf die Kante der Chaiselongue. Madame de Tourvel nimmt ihre Hand.

TOURVEL Als erstes muß ich morgen früh dieses Haus verlassen. Ich bin hoffnungslos verliebt.

Madame de Rosemonde nickt, immer noch nicht alarmiert.

TOURVEL Nichts ist mir verhaßter, als von hier wegzugehen: aber lieber möchte ich sterben als mit dieser Schuld leben. Ich habe nichts dagegen zu sterben. Ohne ihn zu leben, das wäre doch kein Leben. Aber das steht mir bevor. Verstehen Sie, was ich sage?

ROSEMONDE Natürlich. Liebes Kind. Ich bin kein bißchen überrascht. Das einzige, was einen überraschen könnte, ist, wie wenig die Welt sich verändert. Natürlich müssen Sie gehen, wenn Sie das Gefühl haben, daß das das Richtige ist.

TOURVEL Was soll ich denn tun? Was würden Sie mir raten?

ROSEMONDE Wenn ich mich recht erinnere, ist da aller Rat nutzlos. Man kann mit einem Patienten nicht sprechen, solange er hoch im Fieber ist. Wir sprechen miteinander, wenn es Ihnen besser geht.

TOURVEL Ich war noch nie so unglücklich.

ROSEMONDE Leider muß ich sagen, die am meisten Liebe verdienen, werden durch sie am wenigsten glücklich. Sie sind zu jung, um das schon zu wissen.

TOURVEL Warum, warum muß das so sein?

ROSEMONDE Glauben Sie noch daran, daß Männer lieben wie

wir? Aber nein. Männer genießen das Glück, das sie spüren; wir können nur das Glück genießen, das wir geben. Sie sind unfähig, sich auf eine Person zu fixieren. Wer also durch Liebe glücklich werden will, hat schon für sein Unglück gesorgt. Ich bin auf meinen Neffen fixiert, aber was für die meisten Männer gilt, gilt für ihn doppelt.

TOURVEL Und trotzdem ... er hätte ... jetzt eben. Er hatte Mitleid mit mir, ich sah es direkt, ich erlebte seinen Entschluß, die Gelegenheit nicht auszunützen.

ROSEMONDE Wenn er verzichtet hat, liebes Kind, dann nur, weil Ihr Vorbild ihm in den letzten Wochen so zugesetzt und ihn verändert hat. Wenn er Sie gehen läßt, müssen Sie gehen.

TOURVEL Ja. Ja, ganz bestimmt.

Sie beginnt wieder zu weinen, dreht sich so, daß ihr Kopf in Madame Rosemondes Schoß zu liegen kommt. Madame de Rosemonde sitzt da, schaut hinunter und streichelt Madame de Tourvels Haar.

ROSEMONDE Ja, ja. Und selbst wenn Sie nachgegeben hätten, Gott weiß, wie tapfer Sie sich gewehrt haben. Ja, jaa.

Sie streicht ihr übers Haar, das Licht geht zurück.

PAUSE

10.

Spät im Oktober. Der große Salon in Vicomte de Valmonts Pariser Stadthaus. Valmont sitzt am Tisch, schreibend. Er unterschreibt mit Schwung und schaut auf, als Azolan in der Tür erscheint und ins Zimmer eilt und anhält, um sich tief zu verbeugen.

VALMONT Na komm, was für Herrlichkeiten hast du heute für mich?

Azolan reicht ihm zwei Briefe, einer versiegelt, der andere unversiegelt.

AZOLAN Einen Brief an Ihre Frau Tante, Herr. Und den hat

Julie erwischt, bevor er versiegelt wurde, an Madames Beichtvater.

VALMONT Oh, ausgezeichnet!

Er überfliegt den Brief rasch, dann versiegelt er beide Briefe, während er spricht.

VALMONT Das ist sehr gut, ich habe selbst einen Brief für Vater Anselmus. Du kannst gleich beide mitnehmen.

AZOLAN Ja, Herr.

Er nimmt den Brief von Valmont.

VALMONT Und was gibt's Neues?

AZOLAN Keine Besucher: noch kein einziger Besucher, seit sie vom Land zurück ist. Immer in ihrem Zimmer. Etwas Suppe gestern abend, den Fasan hat sie nicht angerührt. Nachher eine Tasse Tee. Das ist alles. Ach ja, noch eins, Sie wollten wissen, was sie liest. Sie hat zwei Bücher neben ihrem Bett.

VALMONT Was für welche, war sicher nicht herauszubringen?

AZOLAN Aber mein Herr, für was halten Sie mich? Ich komm' gleich wieder drauf. Das eine war Christliche Gedanken, Band zwei, das andere war ein Roman von so'nem Engländer. Clarissa.

VALMONT Oh.

AZOLAN Ich hatte also doch recht, Herr, nicht nötig in ihren Dienst zu treten, was?! Ich kriege raus, was Sie wollen, überhaupt kein Problem.

VALMONT Ich dachte nur, du hättest lieber zweimal Gehalt bezogen. Wie damals bei der Herzogin.

AZOLAN Ach wissen Sie, mit der Herzogin, das war etwas ganz anderes. Da hatte ich überhaupt nichts dagegen. Aber ich kann keine Amtskleidung mehr tragen, Herr, ehrlich, nicht, nachdem ich bei Ihnen eingetreten bin.

Er zeigt auf seine prächtige Uniform. Valmont lächelt, schüttelt den Kopf. Dann öffnet er eine Schublade und gibt ihm einen kleinen Geldbeutel.

AZOLAN Danke, Herr, vielen Dank. Eines Tages werde ich anfangen zu sparen, wie Sie mir geraten haben, aber vorerst halt ich's wie Sie.

VALMONT Nachdem du es nicht einmal geschafft hast, mir rechtzeitig zu hinterbringen, daß Madame de Tourvel bei meiner Tante auszog, kannst du froh sein, wenn du überhaupt noch irgendwo was verdienst.

AZOLAN Jetzt fangen Sie schon wieder damit an. Nicht einmal Julie hat es vorher gewußt.

VALMONT Wie geht's Julie?

AZOLAN Ein bißchen schärfer ist sie als auf dem Land.

VALMONT Und selbst?

Azolan schüttelt verdrießlich den Kopf.

AZOLAN Nennen wir's Pflichterfüllung.

Valmont lächelt und schaut auf, als ein Diener Madame de Merteuil und Danceny ins Zimmer geleitet: Er steht auf, um sie zu begrüßen, dabei schickt er Azolan weg, er spricht zu ihm durch fast geschlossene Lippen.

VALMONT Ab. Weiter so.

Azolan verbeugt sich und geht, zusammen mit dem Diener.

VALMONT Madame. Junger Freund.

Danceny umarmt Valmont impulsiv.

DANCENY Danke, Monsieur, für alles.

Valmont hält ihn einen Augenblick, während er hämisch über Dancenys Schulter zu Merteuil hin lächelt.

VALMONT Ich fürchtete schon, ich hätte Sie elend enttäuscht.

DANCENY Natürlich bin ich enttäuscht, über einen Monat habe ich Cécile nicht gesehen, aber Ihnen verdanke ich's, daß unsere Liebe lebendig blieb.

VALMONT Die Liebe, oh ja, sie denkt fast an nichts anderes.

DANCENY Ich hatte so gehofft, Sie könnten ein Zusammentreffen arrangieren.

VALMONT Ich auch, ich hatte alles vorbereitet, aber sie war unerbittlich.

DANCENY Ich weiß, im letzten Brief steht, Sie hätten alles aufgeboten sie zu überreden.

VALMONT Ich habe alles versucht. Es gibt einiges, wozu ich sie überreden konnte, aber dazu eben nicht.

DANCENY Ja, sie schreibt, ich selbst könnte nicht mehr tun als

Sie in meinem Namen tun.

VALMONT Sehr großzügig von ihr.

MERTEUIL Hat sie sonst noch was geschrieben?

DANCENY Es gebe Zeichen einer Sinnesänderung bei ihrer Mutter, schreibt sie. Vielleicht könne sie sich doch noch anfreunden mit der Heiratsidee.

MERTEUIL Das wäre wunderbar.

DANCENY Aber wie geht es ihr? Das ist die Frage, die mich zu Ihnen treibt, Monsieur.

VALMONT Sie blüht. Die Landluft hat ihr gut getan, glaube ich. Vielleicht ist sie sogar etwas voller geworden.

DANCENY Wirklich?

VALMONT Und natürlich sendet sie Ihnen ihre ganze Liebe. In etwa zwei Wochen wird sie mit ihrer Mutter nach Paris zurückkehren, bis dahin sollte sich alles entschieden haben, so oder so, aber egal wie, sie sehnt sich nach Ihnen.

DANCENY Ich weiß nicht, wie ich es noch zwei Wochen lang ohne sie aushalten soll.

MERTEUIL Wir werden uns anstrengen, Sie ein bißchen zu zerstreuen.

DANCENY Ohne Ihre Freundschaft, Ihren Zuspruch, ich weiß nicht, was aus mir geworden wäre.

MERTEUIL Mein Lieber, wenn Sie im Wagen eine Minute auf mich warten könnten, ich muß mit dem Vicomte noch etwas unter vier Augen besprechen.

DANCENY Aber ja.

Er verbeugt sich vor Valmont und gibt ihm herzlich die Hand.

DANCENY Wie soll ich Ihnen das je vergelten?

VALMONT Zerbrechen Sie sich darüber nicht den Kopf. Es war mir ein Vergnügen.

Danceny lächelt beiden bezaubernd zu und geht. Sobald er weg ist, brechen Valmont und Merteuil in Gelächter aus und fallen einander in die Arme. Nach der Umarmung gehen sie auseinander, immer noch lächelnd.

VALMONT Armer Junge. Er ist fast zu naiv.

Merteuil Ich muß schon sagen, Céciles Brief war so witzig wie noch nie.

Valmont Das möchte ich doch meinen: ich habe ihn diktiert.

Merteuil Oh Vicomte, ich bewundere dich.

Valmont Ich habe eine Neuigkeit, die dich hoffentlich amüsiert: ich habe Grund zur Annahme, daß der nächste Chef im Hause Gercourt ein Valmont ist.

Merteuil Wie das?

Valmont Cécile ist schon zwei Wochen über die Zeit.

Merteuil ist verblüfft: sie runzelt die Stirn, bedenkt, was das bedetet.

Valmont Findest du das nicht gut?

Merteuil Du bist über deinen Auftrag hinausgegangen. Und zwar weit.

Valmont Die heiraten doch vor Jahresende, ich sehe nicht, was da passieren soll.

Merteuil Du hast schon recht, man könnte etwas draus machen. Ist natürlich alles ein bißchen riskanter jetzt. Ihr habt also nicht aufgepaßt.

Valmont Ich habe versucht, ihr eine solide Grundlage zu geben, mit allem, was dazugehört, bis auf diesen einen Aspekt, da habe ich sie vielleicht ein bißchen getäuscht.

Merteuil schüttelt den Kopf, amüsiert, aber immer noch nicht ganz zustimmend.

Valmont Du wolltest dich an Gercourt rächen: ich habe dafür gesorgt, daß seine Frau einen Service bieten kann, den man auch von einer Professionellen nicht ohne weiteres verlangen könnte. Und schwanger auch noch wahrscheinlich. Was willst du mehr?

Merteuil Also gut, ich gebe zu, du hast deine Pflicht mehr als erfüllt. Ein Jammer, daß du dir die andere hast entgehen lassen. Hast du doch, nicht wahr?

Valmonts Ausdruck wird düster.

Valmont Ich ließ sie gehen. Stell dir vor, sie tat mir leid. Sie war fertig, der Würfel war gefallen, es war soweit. Und ich wurde schwach. Und, siehe da, sie verschwand wie ein Dieb in der

Nacht.

MERTEUIL Warum hast du sie entwischen lassen?

VALMONT Ich war... bewegt.

MERTEUIL Ach, na ja, dann, kein Wunder, daß du's verpfuscht hast.

VALMONT
Ich hätte nicht gedacht, daß sie so verschlagen sein könnte.

MERTEUIL Die Arme, was blieb ihr anderes übrig. Sich ergeben und nicht genommen werden, das hält keine Heilige aus.

VALMONT Es wird nicht wieder vorkommen.

MERTEUIL Du meinst, die Gelegenheit kommt nicht wieder.

VALMONT Doch, doch. Und diesmal habe ich einen idiotensicheren Plan.

MERTEUIL Was, noch einen?

VALMONT Total sicher. Ich bin verabredet mit ihr, für Donnerstag, in ihrem Haus. Diesmal bin ich unbarmherzig. Ich werde sie bestrafen.

MERTEUIL Das hör ich gern.

VALMONT Warum, glaubst du, reizt es uns nur, die zu jagen, die wegrennen?

MERTEUIL Unreife?

VALMONT Ich habe keinen Augenblick Ruhe, bis es vorbei ist. Ich liebe sie, ich hasse sie, ich bin wahnsinnig nach ihr, mein Leben ist ein einziger Jammer, ich muß sie haben, damit ich ihr alle diese Gefühle verpassen kann und sie los bin.

Merteuil sieht nicht mehr sehr glücklich aus. Es entsteht eine Pause, in der Valmont das bemerkt und jetzt alles tun will, die Stimmung zu ändern.

VALMONT Jetzt erzähl mir, was sich bei dir tut.

MERTEUIL Belleroche ist am Boden.

VALMONT Das ist ja fabelhaft.

MERTEUIL Den habe ich so mit Gefühl eingedeckt, der Arme kann kaum mehr hoch. Jetzt sucht er verzweifelt nach einem taktvollen Abgang.

VALMONT Geschieht ihm recht.

MERTEUIL Sein Nachfolger ist bereits nominiert.

VALMONT Ach? Wer ist der Glückliche?

Stille. Merteuil überlegt.

MERTEUIL Eigentlich möchte ich dir's im Augenblick lieber nicht sagen.

VALMONT Schön, dann werde ich dir die Details meines idiotensicheren Plans auch nicht offenbaren können.

MERTEUIL Das versteh' ich, einverstanden.

Valmont ist unangenehm überrascht.

VALMONT Was ist los?

MERTEUIL Nichts. Ich glaube, wir haben unseren jungen Freund lang genug warten lassen.

VALMONT Gleich nach diesem Donnerstag besuche ich dich.

MERTEUIL Nur wenn du es schaffst, Vicomte. Noch so einen Versagerkatalog halt ich nicht aus.

VALMONT Diesmal klappt's.

MERTEUIL Das hoffe ich. Du warst einmal ein Mann, auf den man sich verlassen konnte.

Er will sie umarmen, aber sie gibt nicht mehr als einen flüchtigen frostigen Kuß auf die Wange und eilt fort. Valmont beobachtet ihren Abgang, er ist bekümmert.

11.

Sechs Uhr abends, ein paar Tage später. Der Salon in Madame de Tourvels Haus; die Einrichtung ist düster, aber geschmackvoll. Madame de Tourvel sitzt in ihrem Lehnstuhl und starrt ausdruckslos auf ihre Stickerei. In der anderen Hälfte des Zimmers steht ein Sofa. Jetzt wird Valmont von Pagen hereingeführt. Madame de Tourvel versucht aufzustehen, aber sie muß sich fast sofort wieder hinsetzen. Sie zittert. Der Page wartet einen Augenblick und ist überrascht, daß er von einer ungeduldigen Geste Madame de Tourvels hinausgewiesen wird. Valmont hat sich mittlerweile tief verbeugt und geht nun durchs Zimmer, um Madame de Tourvel ein Paket Briefe zu überreichen, die sie ihm, schnell begreifend, abnimmt. Sie prüft die Briefe; Valmont schaut immer noch stumm im Zimmer umher. Sein Blick streift kurz das Sofa, bleibt dort einen Moment lang und kehrt dann zu Madame de Tourvel zurück, die nun erwartungsvoll zu ihm aufschaut.

VALMONT Vater Anselmus hat also erklärt, warum ich komme.

TOURVEL Ja. Er sagte, Sie wollten mit mir ausgesöhnt sein, bevor Sie von ihm unterwiesen werden.

VALMONT Richtig.

TOURVEL Aber ich sehe keinen Grund für eine regelrechte Aussöhnung, Monsieur.

VALMONT Nein? Wo ich Sie, wie Sie sagten, beleidigt habe, und Sie mich mit grenzenloser Verachtung behandelt haben.

TOURVEL Verachtung? Wieso Verachtung?

VALMONT Sie rennen aus dem Haus meiner Tante, mitten in der Nacht; Sie lehnen es ab, meine Briefe zu beantworten oder auch bloß zu empfangen: und das alles, nachdem ich eine Zurückhaltung bewiesen habe, der wir uns doch beide bewußt sind. Wenn das nicht Verachtung ist.

TOURVEL Sie tun nur so, als verstünden Sie mich nicht, Monsieur; mir kam es äußerst...

VALMONT Verzeihen Sie, ich bin nicht gekommen, Vorwürfe auszutauschen. Sie wissen, Ihre Tadellosigkeit hat in meiner Seele so tiefe Eindrücke hinterlassen wie Ihre Schönheit in meinem Herzen. Möglich, ich bildete mir ein, das mache mich Ihrer schon würdig. Was jetzt geschieht, ist wahrscheinlich die gerechte Strafe für meine Anmaßung.

Stille.

VALMONT Mein Leben ist wertlos, seit Sie es nicht mehr verschönen: alles, was ich mir heute wünsche, Madame, ist die Vergebung allen Unrechts, das ich Ihnen, wie Sie glauben, angetan habe, daß ich mein Leben wenigstens mit ruhigem Gewissen beschließen kann.

TOURVEL Sie wollen einfach nicht verstehen, ich konnte nicht tun, was Sie verlangten, mein Pflichtgefühl ließ das nicht zu...

Ihre Stimme verliert sich. Valmont rückt ein Stückchen näher und beginnt wieder.

VALMONT Aber Sie sind doch vor mir weggerannt, oder nicht?

TOURVEL Ich mußte abreisen.

VALMONT Und Sie müssen mir fernbleiben?

TOURVEL Ich muß.

VALMONT Für immer?

TOURVEL Für immer.

Stille. Dann ändert Valmont wieder seine Taktik, er rückt diesmal ein Stück weg.

VALMONT Also. Ihr Wunsch, uns voneinander zu trennen, wird in Erfüllung gehen, oh ja, und wie!

TOURVEL Sie haben sich entschieden...

VALMONT Nicht ich, meine Verzweiflung. Ich bin so unglücklich, wie Sie sich's nur wünschen können.

TOURVEL Ich habe immer nur Ihr Glück gewollt.

Valmont geht schnell zu ihr, fällt auf die Knie und begräbt sein Gesicht in ihrem Schoß.

VALMONT Wie kann ich glücklich sein ohne Sie?

Vorsichtig, ohne zu antworten, läßt Madame de Tourvel ihre Hand ein paar Sekunden auf Valmonts Kopf ruhen, so, als ob sie sie in kochendes Wasser tauche. Dann, als sie sie wegnimmt, schaut er wild zu ihr hinauf.

VALMONT Ich muß Sie haben oder sterben.

Madame de Tourvel richtet sich auf und zieht sich in die andere Zimmerhälfte zurück. Valmont beobachtet sie und murmelt verbittert beiseite, jedoch so, daß sie es hört.

VALMONT Das ist der Tod.

Stille. Madame de Tourvel ist sichtlich bestürzt. Valmont scheint große Mühe zu haben, sich zu fassen. Er steht auf.

VALMONT Tut mir leid. Ich wollte leben für Ihr Glück und ich habe es zerstört. Jetzt will ich Ihnen Ihren inneren Frieden zurückgeben und zerstöre den auch noch. Ich bin Leidenschaft nicht gewöhnt, ich komme nicht zurecht damit. Es ist ja das letzte Mal, heute. Sie können ganz beruhigt sein.

TOURVEL Sie, in diesem Zustand, Monsieur, das macht alles noch schwieriger.

VALMONT Bitte, keine Angst, es wird nicht lange dauern.

Er nimmt das Päckchen Briefe, das Madame de Tourvel hat fallen lassen.

VALMONT Das einzige, was mich umstimmen könnte, diese trügerischen Pfänder Ihrer Freundschaft. Das einzige, was mich am Leben hielt.

TOURVEL Ich habe geglaubt, Sie wollten sie mir zurückgeben. Da Sie die Wahl, die eine Pflicht mir vorschreibt, jetzt gutheißen.

VALMONT Ja. Ihre Wahl hat meine bestimmt.

TOURVEL Und die wäre?

VALMONT Mein Leiden zu beenden.

TOURVEL Was heißt das?

Ihre Stimme ist voll Angst. Valmont ist jetzt bei ihr, und sie wehrt sich nicht, als er sie in seine Arme nimmt.

VALMONT Hören Sie. Ich liebe Sie. Sie können sich nicht vorstellen, wie sehr. Vergessen Sie nicht, ich habe schwerere Opfer gebracht als das, das ich jetzt bringen werde. Also. Leben Sie wohl.

Er will weg von ihr, aber sie umklammert sein Handgelenk.

TOURVEL Nein.

VALMONT Lassen Sie mich gehen.

TOURVEL Sie müssen mich anhören!

VALMONT Ich muß gehen.

TOURVEL Nein!

Sie bricht zusammen, fällt in seine Arme. Er fängt an, sie zu küssen. Sie erwidert – einen Moment lang küssen sie einander gierig. Dann nimmt er sie schwungvoll auf seine Arme, trägt sie durchs Zimmer, legt sie sachte auf das Sofa und kniet neben ihr nieder. Sie bricht in Tränen aus und greift nach ihm, als ob sie ertränke. Er schaut auf sie hin, sie schluchzt hilflos, er spricht mit ungewöhnlicher Zartheit zu ihr.

VALMONT So fassungslos, bloß weil du mich glücklich machen willst?

Allmählich hört sie auf zu weinen und schaut zu ihm hinauf.

TOURVEL Ja. Du hast recht. Ich kann auch nicht leben, ohne

dich glücklich zu machen. Also verspreche ich: Kein Widerstand mehr und keine Reue.

Sie küßt ihn. Er beginnt, langsam, sie auszuziehen.

12.

Am folgenden Abend. In Merteuils Salon. Sie schaut auf, als Valmont überschwenglich ins Zimmer stürmt, den Majordomus hinter sich lassend.

VALMONT Erfolg.

MERTEUIL Endlich.

VALMONT Aber wert, darauf zu warten.

Merteuil wirft einen kalten Blick auf ihn, aber er ist zu aufgedreht, um es zu bemerken.

MERTEUIL Hat also geklappt, dein idiotensicherer Plan.

VALMONT Idiotensicher war er natürlich nicht, ich habe angegeben, um mich in Stimmung zu bringen, aber ich bin schon sehr sorgfältig vorgegangen. Und wenn man bedenkt, daß alle meine Briefe in diesen Wochen ungeöffnet zurückgeschickt worden sind oder vielmehr mein Brief, ich steckte ihn einfach alle zwei Tage in einen neuen Umschlag, dann war das Ergebnis ein wahrer Triumph.

Inzwischen hat er Platz genommen, hält inne und schaut Merteuil selbstzufrieden und strahlend an.

MERTEUIL Und der Plan?

VALMONT Als ich, nach gutem Brauch, ihre Briefe abfing, sah ich, daß die kluge Person ihre Vertrauenspartnerin gewechselt hatte und jetzt ihr Innerstes bei meiner Tante ausschüttete. So fing ich sachte an, meine Tante merken zu lassen, mein Lebenswille werde schwächer und schwächer; hilfreich war, daß ich von den Anstrengungen mit Cécile restlos erschöpft aussah; und daß meine Tante alles weitermeldete, wußte ich. Gleichzeitig schrieb ich ihrem Beichtvater, einem liebenswert schwachsinnigen Zisterzienser, den zwang ich mehr oder weniger dazu, ein Treffen mit ihr zu arrangieren, als Entgelt für das Recht, meine Seele retten zu dürfen, ein Recht, von dem der Arme jetzt keinen Gebrauch machen kann. Also, eine Selbstmorddrohung, eine versprochene Umkehr.

MERTEUIL Tut mir leid, sehr originell kann ich das nicht finden.

VALMONT Aber wirksam.

MERTEUIL Ja, tatsächlich?

VALMONT Also, ich komm so um sechs an...

MERTEUIL Ach, die Details der Verführung kannst du, glaube ich, weglassen, die sind nie besonders lustig: nur das Ereignis selbst.

VALMONT Es war... einmalig.

MERTEUIL Wirklich?

VALMONT Ein Art Bezauberung entstand, ich habe so etwas noch nie zuvor erlebt. Sobald sie sich ergeben hatte, tat sie sich rückhaltlos auf. Der totale beidseitige Taumel: der zum ersten Mal bei mir sogar länger anhielt als die Lust. Sie war erstaunlich. Und war so, daß ich am Ende vor ihr auf die Knie fiel und ihr ewige Liebe gelobte. Und ich sage dir, in dem Moment und noch ein paar Stunden nachher meinte ich es auch.

MERTEUIL Ich verstehe.

VALMONT Ist doch außergewöhnlich, nicht wahr?

MERTEUIL Ja? Mir kommt es vollkommen banal vor.

VALMONT Nein, nein, kein bißchen. Der Clou ist natürlich, daß ich jetzt den Anspruch auf meine Belohnung anmelden kann.
Stille. Merteuil schaut ihn einen Moment lang kalt an.

MERTEUIL Soll das heißen, du hast sie im Laufe dieser hehren Begegnung auch noch dazu gebracht, dir einen Brief zu schreiben?

VALMONT Nein. Ich halte dich nicht unbedingt für eine Formalitätspedantin.

MERTEUIL Ach, Vicomte, auch wenn du mit dem Brief im Mund hier angekommen wärst, vielleicht hätte ich unseren Vertrag trotzdem für null und nichtig erklären müssen.

VALMONT Was heißt das?

MERTEUIL Ich bin es nicht gewöhnt, daß man mich garantiert kriegt.

Valmont Aber nichts dergleichen, meine Liebe. Versteh mich nicht falsch. Was sonst für Anmaßung gehalten werden könnte, wir verstehen es als Ausdruck der Freundschaft und des Vertrauens zueinander.

Merteuil Ich möchte dich nicht aus den Armen einer so Erstaunlichen reißen.

Valmont Wir waren immer offen zueinander.

Merteuil Und dann, ich habe mir auch einen neuen Liebhaber genommen, der erweist sich als überaus befriedigend im Augenblick.

Valmont Ach? Und wer ist das?

Merteuil Mir ist heute abend nicht nach Vertraulichkeiten. Ich möchte dich nicht aufhalten.

Stille. Einen Moment lang ist Valmont in Verlegenheit. Dann entschließt er sich, beharrlich zu sein.

Valmont Du kannst nicht im Ernst meinen, es könnte eine Frau geben, die ich dir vorzöge?

Merteuil Ich weiß, daß du mich gerne auch noch in deinen Harem aufnimmst.

Valmont Nein, nein, du verstehst mich falsch. Was du für Eitelkeit hältst, von wegen ich dich garantiert kriegen! das ist nichts als reine Gier.

Zum ersten Mal erweicht sich Merteuils Ausdruck ein bißchen. Valmont bemerkt es sofort und versucht gleich, daraus einen Vorteil zu schlagen.

Valmont Ich würde alles und alle opfern für dich, das weißt du.

Merteuil Also gut, Vicomte, vielleicht können wir das ganz ruhig besprechen, ja, wie Freunde?

Valmont Aber ja.

Merteuil Ist dir das einmal aufgefallen, nur die Lust bringt die Geschlechter zusammen, und doch reicht sie nicht aus, eine Beziehung zu ernähren. Komisch, nicht wahr. Wenn nicht so etwas wie Liebe im Spiel ist, führt Lust unweigerlich zu Ekel.

Valmont Ich weiß nicht, ob ich dir da zustimmen kann.

Merteuil Zum Glück genügt es für diese Liebe, daß einer sie hat. Der von den beiden, der sie empfindet, ist natürlich der glücklichere; der andere, der sie nicht fühlt, wird halbwegs entschädigt durch die Lust des Betrügens.

VALMONT Ich verstehe nicht, worauf du hinaus willst.

MERTEUIL Darauf, daß wir beide nicht zusammen Platz haben in diesem fundamentalen Muster. Falschspieler sitzen an getrennten Tischen.

VALMONT Ja, und danach tauschen sie Erfahrungen aus.

MERTEUIL Vielleicht, aber, glaube ich, ohne ein neues Spiel anzufangen.

VALMONT Ganz kann ich diesen Vergleich nicht akzeptieren.

MERTEUIL Keine Angst: ich komme nicht auf unsere Vereinbarung zurück. Ich muß für ein paar Wochen verreisen...

VALMONT Wieso?

MERTEUIL Private Gründe.

VALMONT Es gab eine Zeit, da hattest du keine Geheimnisse vor mir.

MERTEUIL Darf ich den angefangenen Satz beenden?

VALMONT Natürlich, entschuldige.

MERTEUIL Wenn ich zurück bin, und nach Erhalt dieses berühmten Briefes, verbringen du und ich eine einzige Nacht. Mehr brauchen wir beide nicht. Sie wird so genußreich sein, daß wir bedauern, daß es unsere letzte ist; aber dann erinnern wir uns daran, daß Bedauern ein unerläßlicher Bestandteil von Glück ist. Und trennen uns als gute Freunde.

VALMONT Langsam, langsam, eins nach dem anderen!

MERTEUIL Ich finde, wir sollten uns keinerlei Illusionen gestatten.

VALMONT Bitte, ich war dir, glaube ich, noch nie untreu.

MERTEUIL Ach, Vicomte, jetzt versuch nicht, mich einzuwikkeln, lieber frei heraus, ohne Verzierung und Fransen: du solltest mir dankbar sein.

VALMONT Wofür?

MERTEUIL Für meinen Mut. Meine Standfestigkeit. Meine Sehschärfe. Verstehst du, ich weiß Bescheid.

VALMONT Das ist mehr als ich von mir behaupten kann.

MERTEUIL Ich weiß. Kann sein, daß es dir tatsächlich nicht

bewußt ist. Für mich gibt es überhaupt keinen Zweifel: du liebst diese Frau.

VALMONT Nein. Stimmt nicht. Überhaupt nicht.

MERTEUIL Hast du vergessen, wie es ist, eine Frau glücklich zu machen und selbst glücklich gemacht zu werden?

VALMONT Ich ... natürlich nicht.

MERTEUIL Wir haben uns einmal geliebt, ja? Ich glaube, es war Liebe. Du hast mich sehr glücklich gemacht.

VALMONT Das könnte ich wieder. Wir haben einfach den Knoten gelöst. Gerissen ist es nie. Nichts als ein vorübergehendes Nachlassen der Vorstellungskraft.

MERTEUIL Nein, nein. Es wären Opfer nötig, die du nicht bringen könntest, die ich nicht verdienen würde.

VALMONT Aber ich sage dir doch: jedes Opfer, das du verlangst.

MERTEUIL Ach ja, Illusionen sind von Natur aus süß.

VALMONT Ich habe keine Illusionen. Die habe ich auf meinen Fahrten verloren. Jetzt will ich heimkommen. Was diese momentane Verblendung betrifft, die wird verfliegen. Nur jetzt, jetzt kann ich nichts dagegen tun.

Stille. Sie sieht ihn einen Moment lang an, nachdenklich.

METEUIL Du erfährst es als erster, wenn ich zurück bin.

VALMONT Laß es bald sein. Sehr bald, bitte.

Er küßt sie. Sie scheint fast soweit, sich einem langen Kuß hinzugeben, aber dann bricht sie abrupt ab und spricht so beherrscht wie gewöhnlich.

MERTEUIL Lebe wohl.

Valmont verbeugt sich und eilt aus dem Zimmer. Merteuil steht einen Augenblick still, sammelt sich, dann geht sie durch's Zimmer und öffnet eine Tür.

MERTEUIL Er ist weg.

Jetzt tritt Danceny ein. Er umarmt sie stürmisch, und sie gibt sich wieder nur kurz hin.

DANCENY Ich habe gedacht, der bleibt die ganze Nacht. Die Zeit spielt verrückt, wenn ich nicht bei dir bin. Eine Stunde wird zum Jahrhundert.

MERTEUIL Wir kommen viel besser aus miteinander, wenn du es vermeiden kannst, daherzureden wie der letzte Roman.

Danceny errötet.

DANCENY Tut mir leid, ich...

Merteuil besänftigt sich und legt eine Hand an seine Wange.

MERTEUIL Schon gut. Bring mich hinauf.

Arm in Arm gehen sie auf die Türe zu.

13.

Vierzehn Tage später. Nachmittag. Der Salon in Valmonts Haus. Valmont gießt Émilie noch ein Glas Champagner ein, als sein Bedienter eintritt und ihm etwas ins Ohr murmelt, was offensichtlich eine unerfreuliche Überraschung für ihn ist. Er beherrscht sich jedoch schnell, gibt ein paar Anweisungen und, als der Bediente hinauseilt, wendet er sich Émilie zu.

VALMONT Trink aus.

ÉMILIE Was ist los?

VALMONT Jemand, der deine Anwesenheit hier kaum zu schätzen wüßte.

ÉMILIE Also eine Frau.

VALMONT Man könnte sogar sagen: eine Dame.

ÉMILIE Ach so, klar.

Sie stürzt ihren Champagner hinunter und erhebt sich; dann hat sie einen Gedanken.

ÉMILIE Nicht die, der du den Brief geschrieben hast?

VALMONT Genau die.

ÉMILIE Das war gut.

VALMONT Du warst ein sehr guter Tisch.

ÉMILIE Ich wüßte zu gern, wie sie aussieht.

VALMONT Tja, das geht nicht.

Er geht zu ihr hin, als sie das Gesicht in gespielter Enttäuschung verzieht, er muß sie hinausdrängen. Als er sie aber erreicht hat, scheint er einen Moment zu zögern, überlegend.

VALMONT Wenn ich's mir recht überlege, warum eigentlich

nicht.

ÉMILIE Ach.

VALMONT Wenn du dich anständig aufführst.

ÉMILIE Wenn's unbedingt sein muß.

Valmont schaut sie nachdenklich an.

VALMONT Wo ist dein Holländer?

ÉMILIE Wo er hingehört, in Holland.

VALMONT Und hast du heute abend was vor?

ÉMILIE Ein paar Freunde zum Abendessen.

VALMONT Und nachher?

ÉMILIE Nichts Festes.

Valmont geht zu seinem Tisch, öffnet eine Schublade und nimmt, wie zuvor, einen Geldbeutel heraus.

VALMONT Dann komm' ich vielleicht noch vorbei.

Er gibt ihr das Geld gerade, als der Diener Madame de Tourvel hereinführt, die auf der Schwelle stehenbleibt, betroffen von dem, was sie sieht.

ÉMILIE Ich werde da sein.

Sie verläßt das Zimmer, starrt dabei Madame de Tourvel mit unverhüllter Faszination an. Die schaut sie schrecklich verwirrt an. Valmont ist hin und hergerissen zwischen seinem Wunsch, Madame de Tourvel zu begrüßen und seiner Neugierde, was geschehen wird. Es scheint, als ob nichts geschehen werde: aber in letzter Minute, als sie an Madame de Tourvel vorbei geht, lacht Émilie los und verläßt das Zimmer, sich vor Lachen schüttelnd. Madame de Tourvel beobachtet sie entsetzt: Valmont, nun besorgt, eilt zu ihr hin.

VALMONT Eine freudige Überraschung.

TOURVEL Offensichtlich.

VALMONT Stoß dich nicht an Émilie; sie ist eben exzentrisch.

TOURVEL Ich kenne diese Frau.

VALMONT Bist du sicher? Das würde mich überraschen.

TOURVEL Man hat mich in der Oper auf sie aufmerksam gemacht.

VALMONT Oh, na ja, sie fällt auf.

TOURVEL Sie ist eine Prostituierte.

Stille.

TOURVEL Oder nicht?

VALMONT Wie man's nimmt...

Aber Madame de Tourvel dreht sich plötzlich weg, die Augen voller Tränen, und will aus dem Zimmer eilen. Valmont kriegt sie noch am Arm.

TOURVEL Laß mich gehen.

VALMONT Was hast du denn?

TOURVEL Tut mir leid, daß ich dich gestört habe.

VALMONT Du hast mich doch nicht gestört, ich bin überglücklich, dich zu sehen.

TOURVEL Bitte, laß mich jetzt gehen.

VALMONT Nein, nein, unmöglich, das wäre absurd.

TOURVEL Loslassen!

Sie reißt sich los, er muß ihr mit seinem Körper den Weg versperren, da sie mit aller Kraft versucht, hinauszukommen. Sie weint in sich hinein.

VALMONT Nein, bitte, bleib doch, ich wäre nie auf die Idee gekommen, du könntest annehmen, bitte, hör mich an...

TOURVEL Nein!

VALMONT Setzen wir uns doch zuerst einmal...

TOURVEL Ich will dich nie wieder in meinem Haus sehen.

VALMONT Komm.

Er hält sie in seinen Armen gefangen. Einen Moment lang kämpft sie wild, dann wird sie schwach. Er bringt sie zum Sofa und setzt sie hin und sich auch, er hat seinen Arm immer noch um sie gelegt.

VALMONT Jetzt, hör zu.

TOURVEL Ich hör mir deine Lügen und Ausreden nicht an!

VALMONT Hör nur zu. Bitte. Das ist alles, was ich von dir will, dann kannst du urteilen.

TOURVEL Ich will nicht.

VALMONT Trink ein Glas Champagner...

TOURVEL Nein!

Sie zittert zwar noch, aber dann beruhigt sie sich und schaut ihn an, wie erstarrt, während er völlig ruhig und gelassen spricht.

VALMONT Leider kann ich die Jahre, bevor ich dich traf, nicht ungelebt machen; und, wie ich dir schon einmal erklärte, kannte ich damals Gott und die Welt, eine Menge Leute, gegen die man durchaus etwas haben kann. Es mag dich vielleicht überraschen, daß Émilie, wie viele andere ihrer Art und Profession, ein guter Mensch ist und sich einsetzt für die, denen es weniger gut geht als ihr. Kurz, sie opfert Zeit und Kraft und tut viel Gutes: Spenden für Krankenhäuser, Suppen für die Armen, Tierschutz, alles was ihr empfindsames Herz berührt. Von Zeit zu Zeit steure ich eine Kleinigkeit bei zu ihrem Budget. Das ist alles.

TOURVEL Ist das wahr?

VALMONT Seit ein paar Jahren ist mein Verhältnis zu Émilie ganz und gar unschuldig. Ab und zu erledigt sie sogar Büroarbeiten für mich. Da ich jetzt weiß, wie das auf dich wirkt, werde ich natürlich dafür sorgen, daß sie sich hier nicht mehr blicken läßt.

TOURVEL Warum hat sie gelacht?

VALMONT Keine Ahnung. Bosheit vielleicht? Eifersucht? Bei Mädchen aus solchen Schichten muß man auf alles gefaßt sein. Ich kann dir's wirklich nicht erklären.

TOURVEL Und weiß sie von mir?

VALMONT Sicher hat sie sich etwas zurechtgedacht, was, angesichts meiner Vergangenheit, nicht ganz von der Hand zu weisen ist.

Stille. Madame de Tourvel schaut ihn an, fast überzeugt.

TOURVEL Ich will dir glauben.

VALMONT Ich wußte, daß du heraufkommen würdest, du warst gemeldet. Wenn ich wegen Émilie ein schlechtes Gewissen hätte, hättest du sie wohl kaum zu Gesicht gekriegt hier.

TOURVEL Wahrscheinlich nicht.

VALMONT Eben.

TOURVEL Tut mir leid.

VALMONT Nein, nein, nein, ich bin's, der sich entschuldigen

muß. Es war sehr unsensibel von mir. Ein Überrest meiner früheren Persönlichkeit. Das gedankenlose Handeln eines Mannes, der dich nie getroffen hat.

Madame de Tourvel beginnt wieder zu weinen, aber diesmal leise, erleichtert. Sie vergräbt ihr Gesicht an Valmonts Brust. Er schaut ihr einen Moment lang zu, er ist sehr zufrieden.

VALMONT Ich dachte, es sei unmöglich, dich noch mehr zu lieben, aber deine Eifersucht...

Er bricht ab: und jetzt scheint auch er echt berührt zu sein. Madame de Tourvel schaut zu ihm auf.

TOURVEL Ich liebe dich so sehr.

Er kann sich nicht sattsehen an ihr, überwältigt von ihrer Ernsthaftigkeit; plötzlich ist er nicht mehr Herr seiner Gefühle; er wirkt leidend und erstaunlich zart.

14.

Zehn Tage später. Abends. Madame de Merteuils Salon. Ein Bild schöner Häuslichkeit. Danceny liegt auf dem Sofa, sein Kopf in Merteuils Schoß. Sie spielt träge mit seinem Haar. Nach einer Weile erscheint Valmont in der Tür, zuerst von den anderen ungesehen und nicht von Dienern begleitet. Er schätzt die Situation ab und räuspert sich dann, was Danceny veranlaßt, verwirrt aufzufahren. Merteuil schaut Valmont kalt an.

VALMONT Dein Pförtner scheint in der Illusion zu leben, du seist noch nicht zurück vom Land.

MERTEUIL Ich bin auch gerade erst gekommen.

VALMONT Ohne daß es dein Pförtner bemerkt hat. Vielleicht solltest du mal etwas energischer werden gegen deine Dienstboten.

MERTEUIL Ich bin erschöpft von der Reise. Natürlich habe ich dem Pförtner gesagt, unwichtigen Besuchern mitzuteilen, ich sei nicht da.

Valmont scheint nach einer schlüssigen Antwort zu suchen, wendet sich aber statt dessen lächelnd an Danceny.

VALMONT Sie auch hier, lieber junger Freund. Der Pförtner muß ganz schön spinnen heute abend.

DANCENY Ach, ja, ich, äh, ja.

VALMONT Ich bin froh, daß ich Sie gefunden habe. Seit Tagen versuche ich Sie zu erreichen.

DANCENY Ach, wirklich.

VALMONT Mademoiselle Cécile kommt nach Paris zurück, nach zweimonatiger Abwesenheit. Und was ist ihr wohl wichtiger als alles andere? Natürlich die ersehnte Wiedervereinigung mit ihrem geliebten Chevalier.

MERTEUIL Vicomte, es ist nicht der Augenblick, Unheil zu stiften.

VALMONT Nichts liegt mir ferner, Madame.

DANCENY Weiter.

VALMONT Stellen Sie sich ihren Kummer vor, ihre Panik, ihr Geliebter ist einfach nirgends zu finden. Ich habe mehr improvisieren müssen als ein italienischer Schauspieler.

DANCENY Wie geht es ihr? Geht es ihr gut?

VALMONT Ach wissen Sie, wenn ich ehrlich sein darf, tut mir leid, aber sie war krank.

Danceny springt auf, entsetzt.

DANCENY Krank!

VALMONT Ob ihre Angstzustände schuld sind, ich weiß es nicht, aber vor einer Woche hat man mitten in der Nacht den Arzt holen müssen, eine Zeit lang stand es sehr ernst.

DANCENY Aber das ist ja schrecklich!

VALMONT Beruhigen Sie sich, mein Freund, es heißt, sie sei auf dem Wege der Besserung und erhole sich. Aber Sie können sich ja vorstellen, wie verzweifelt ich nach Ihnen suche.

DANCENY Natürlich, mein Gott, in diesem Augenblick nicht da zu sein! Wie soll ich mir das je verzeihen?!

Valmont zieht es vor, das nicht zu beantworten: er schaut einen Moment lang Merteuil an, den Schaden abschätzend.

VALMONT Bitte, ich bin nicht gern der Überbringer schlechter Nachrichten. Jetzt geht es Cécile wieder gut, das versichere ich Ihnen, der Arzt selbst hat es mir gesagt. Ich will nicht länger stören.

Er zieht ein Stück Papier aus einer Innentasche.

VALMONT Da ist noch ein Brief, den ich erhielt, dessen Inhalt, dachte ich, für die Marquise interessant sein könnte.

Stille. Die Reihe ist jetzt an der Marquise, sie zwingt sich zu einer Entscheidung.

MERTEUIL Vielleicht sollte ich ein paar Minuten mit dem Vicomte allein haben. Geh solang hinauf, es dauert nicht lang.

DANCENY Aber ich sorge mich so um Cécile.

MERTEUIL Ich glaube nicht, daß da heute noch etwas zu machen ist. Morgen schickst du jemanden hin zu ihr.

DANCENY Also gut, wenn du meinst.

MERTEUIL Ja.

DANCENY Tut mir leid, Vicomte, ich...

VALMONT Nur die Ruhe, mein Lieber, ist doch alles, wie es sein soll.

DANCENY Danke, danke.

Er verläßt das Zimmer. Stille. Merteuil will etwas sagen, als Valmont sie dadurch unterbricht, daß er ihr den Brief übergibt. Merteuil überfliegt ihn kurz und gibt ihn dann Valmont zurück.

MERTEUIL Sie schreibt also so schlecht, wie sie sich anzieht.

VALMONT Ich darf wohl sagen, daß es hier auf den Inhalt ankommt und nicht auf den Stil. Aber vielleicht sollten wir zuerst noch etwas anderes klären.

MERTEUIL Ich hoffe nur, du kommst mir jetzt nicht mit Danceny: es war der reine Zufall, er kommt im selben Moment ans Tor wie mein Wagen.

VALMONT Das ist unter deiner Würde, meine Liebe, also wirklich. Zuerst die komische Geheimniskrämerei um die Person des neuen Liebhabers, dann verschwinden Danceny und du gleichzeitig aus Paris, da müßte ich noch dümmer sein als du glaubst, daß ich bin, wenn mir das nicht die Augen geöffnet hätte. Wenn Danceny und dein Wagen im selben Augenblick an deinem Tor waren, dann doch vor allem deshalb, weil er drin saß.

MERTEUIL Völlig richtig. Klar.

VALMONT Und außerdem weiß ich zufällig, daß dieser besagte Moment vor zwei Tagen war.

MERTEUIL Deine Spione sind auf Draht.

VALMONT So viel dazu, daß ich als erster von deiner Rückkehr erfahren sollte. Ein kleinerer Mann könnte sich jetzt erlauben, wütend zu werden.

MERTEUIL Ein solcher Mann könnte seinen Charme riskieren, ohne an Überzeugungskraft zu gewinnen.

Stille. Valmont hält sich zurück und entscheidet sich dafür, eine neue Richtung einzuschlagen.

VALMONT Ich verstehe jetzt natürlich, daß du einen so unangemessenen Liebhaber lieber verschwiegen hättest.

MERTEUIL Seine Angemessenheit spielte dabei überhaupt keine Rolle.

VALMONT Belleroche war ja wohl ziemlich lasch, aber du hättest doch wohl einen etwas flotteren Ersatz finden können als diesen süßlichen Bubi.

MERTEUIL Süßlich oder nicht, er ist mir völlig ergeben und, wie ich fürchten muß, eher imstande, mir ein bißchen Lust und Freude zu liefern als du in deiner jetzigen Laune.

VALMONT Ich verstehe.

Einigermaßen mitgenommen, fällt er in ein beleidigtes Schweigen. Ihre Stimmung hat sich, weil sie ihre Tatkraft zurückgewonnen hat, gebessert.

MERTEUIL Stimmt das denn wirklich, daß die Kleine krank war?

VALMONT Nicht so sehr krank, eher eine Reparatur.

MERTEUIL Was soll das wieder heißen?

Valmonts Kraft kehrt zurück mit der Aussicht, seine Geschichte erzählen zu dürfen.

VALMONT Also, sie war zurück in Paris, jetzt reichte ein bißchen Geld für den Pförtner, ein paar Blumen für seine Frau, und ich konnte meine nächtlichen Besuche wieder aufnehmen, was übrigens, wie du zugeben mußt, auf Dancenys Unternehmungsgeist ein bezeichnendes Licht wirft. Aber, weil alles so leicht ging, wurden wir unvorsichtig, und einmal, letzte Woche, mitten in der Nacht, als wir gerade von unseren Anstrengungen ausruhten, flog, vom Wind, plötzlich die Tür auf, die wir vergessen hatten, abzuschließen. Ein entsetzlicher Schock. Cécile warf sich aus dem Bett und versuchte, sich zwischen Bett und Wand zu quetschen. Sofort heftige Rückenschmerzen, darauf ein paar unmißverständliche Folgen. Jetzt ging es nur noch darum, den Arzt herzubringen, ohne ihn wirklich einzuweihen.

MERTEUIL Das ist euch dann gelungen?

VALMONT Es stellt sich heraus, meine Liebe, Cécile hatte keine Ahnung, daß sie schwanger war, ja wirklich! Also daß sie unnötig Energie mit Denken verschwende, kann man nicht sagen.

MERTEUIL Na ja, Vicomte, tut mir leid um deinen Sohn und Gercourts Erben.

VALMONT Ach, ich dachte, es freut dich, du warst doch deutlich verstimmt, als ich dich damals einweihte.

MERTEUIL Ich mußte mich zuerst an die Vorstellung gewöhnen, dann machte sie mir Spaß. Du solltest es nochmal probieren.

VALMONT Ich hatte eher das Gefühl, es sei Zeit, sie an Danceny weiterzugeben.

Stille. Merteuil überlegt einen Augenblick.

MERTEUIL Nein, ich glaube nicht, daß das jetzt richtig wäre.

VALMONT Ach, nicht?

Schweigen.

MERTEUIL Wenn du wieder der Alte wärst, der Charmante, würde ich dich gern einladen, für einen Abend, nächste Woche.

VALMONT Wirklich.

MERTEUIL Ich liebe dich eben noch immer, trotz deiner Fehler und meiner Enttäuschungen.

VALMONT Ich bin gerührt. Und was verlangst du noch, bevor du zu deinen Verpflichtungen stehst?

Eine Pause, während Merteuil Valmont boshaft anschaut.

MERTEUIL Ich habe einen Freund, der sich, wie es öfter vorkommt, mit einer total unpassenden Frau einließ. Sobald man ihm das klarmachte, gab er immer dieselbe flaue Antwort: ich kann nichts dagegen tun. Er war drauf und dran, eine Witzfigur zu werden. Eine meiner Freundinnen redete ihm gut zu, wies ihn hin auf diese fade Ausrede, deren er sich bis dahin nicht bewußt geworden war, sagte ihm, sein Name könne blödsinnigerweise für immer mit dieser Redensart verbunden bleiben. Und weißt du, was er tat?

VALMONT Du wirst es mir sicher sofort sagen.

MERTEUIL Er ging schnurstracks zu seiner Geliebten und sagte ihr klipp und klar, daß er sie verlasse. Wie du dir vorstellen kannst, protestierte sie wild. Aber auf alles, was sie sagte, auf jeden ihrer Einwände, antwortete er einfach: Ich kann nichts dagegen tun.

Lange Stille. Schließlich erhebt sich Valmont.

VALMONT Ich muß dich deinen Hausaufgaben überlassen.

Merteuil antwortet nicht. Sie schaut ihm lächelnd zu, als er, tief in Gedanken, zur Türe geht.

15.

Am folgenden Nachmittag. Der Salon in Madame de Tourvels Haus. Als ihr Diener Valmont hereinführt, springt sie auf, unfähig, ihre Freude zu verbergen. Er sieht jedoch überanstrengt und traurig aus und geht fast widerwillig weiter, als der Diener gegangen ist. Madame de Tourvel rennt zu ihm hin und vergräbt sich in seinen Armen. Er umarmt sie eher unfreiwillig, macht sich gefaßt auf das, was kommt.

TOURVEL Du bist nur fünf Minuten zu spät, und ich bin so in Angst. Überzeugt, daß ich dich nie wieder sehen werde.

Valmont macht sich vorsichtig los und schafft Abstand zwischen sich und ihr, bevor er spricht.

VALMONT Mein Engel.

TOURVEL Ist das dein Eindruck?

VALMONT Ach ja. Im Moment, zum Beispiel, bin ich ziemlich sicher, daß ich nie wieder hierher kommen werde.

Stille. Tourvel stutzt, versucht zu begreifen.

TOURVEL Was?

VALMONT Ich langweile mich so, verstehst du. Ich kann nichts dagegen tun.

TOURVEL Was heißt das?

VALMONT Immerhin sind es jetzt vier Monate. Also, was soll ich sagen. Ich kann nichts dagegen tun.

TOURVEL Das heißt ... das heißt ... du liebst mich nicht mehr?

VALMONT Es war schwer genug für meine Liebe, deine Unberührtheit zu überdauern. Ich kann nichts dagegen tun.

TOURVEL Es ist diese Frau, ja?

VALMONT Ja. Ich habe dich mit Émilie betrogen. Unter anderem. Ich kann nichts dagegen tun.

TOURVEL Warum, warum bloß?

VALMONT Vielleicht ist es deine grausame Verletzlichkeit, die mich soweit gebracht hat. Egal, ich kann nichts dagegen tun.

TOURVEL Ich glaube nicht, daß das jetzt wirklich geschieht.

VALMONT Es gibt eine Frau. Nicht Émilie, eine andere Frau. Eine Frau, die ich anbete. Und ich fürchte, sie besteht darauf, daß ich dich aufgebe. Ich kann nichts dagegen tun.

Plötzlich geht Madame de Tourvel auf ihn los, Fäuste schwingend. Einen Augenblick lang ringen sie lautlos und erbittert, dann schreit sie ihn an.

TOURVEL Lügner!

VALMONT Stimmt, ich bin ein Lügner. Wie dein Treusein ist es eine Lebensbedingung, genauso lästig und genauso ärgerlich. Auf jeden Fall, ich kann nichts dagegen tun.

TOURVEL Hör auf, hör endlich auf damit!

VALMONT Tut mir leid. Ich kann nichts dagegen tun.

Madame de Tourvel schreit auf.

VALMONT Warum nimmst du dir nicht einen anderen Liebhaber?

Sie bricht in Tränen aus, schüttelt ihren Kopf und stöhnt immer wieder auf.

VALMONT Wie du willst natürlich. Ich kann nichts dagegen tun.

TOURVEL Willst du mich umbringen?

Valmont geht mit großen Schritten auf sie zu, ergreift sie an den Haaren und reißt ihren Kopf nach oben, erschreckt sie dadurch so, daß sie einen Augenblick lang keinen Ton von sich gibt.

VALMONT Hör zu. Hör mir zu. Es war wirklich gut mir dir. Aber ich kann mir einfach nicht einreden, es müsse mir leid tun, dich zu verlassen. Das ist der Lauf der Welt. Ich kann nichts dagegen tun.

Als er ihre Haare losläßt, fällt sie der Länge nach hin, hilflos stöhnend und schluchzend. Valmont geht zur Tür und dreht sich um, um nach ihr zurückzuschauen. Sein triumphierender Ausdruck hat nur einen Augenblick angehalten; jetzt weicht er einem unguten, verfolgten, gequälten Blick. Seine Augen sind voller Furcht und Schmerz. Einen Moment scheint es fast, als ob er zurückstürzte, um ihr zu helfen: aber er wendet sich abrupt ab und rennt schuldbewußt davon.

16.

Etwa eine Woche später. Ein Dezemberabend in Madame de Merteuils Salon. Merteuil sitzt an einem kleinen Schreibtisch, sie schreibt einen Brief. Nach einer Weile erscheint Valmont in der Türe, wieder unangemeldet. Merteuil, mit dem Rücken zur Türe, sieht ihn nicht, aber als er sich nähert, schaut sie auf, weil sie Schritte gehört hat, und spricht, ohne sich herumzudrehen.

MERTEUIL Bist du es? Du bist früh.

VALMONT Ach wirklich?

Merteuil dreht sich rasch um, sie ist erstaunt; sie wird von Valmont mit einer ironischen Verbeugung begrüßt.

VALMONT Ich wollte dich etwas fragen: diese Geschichte, die du mir erzählt hast, wie ging die aus?

MERTEUIL Ich weiß nicht recht, was du jetzt meinst.

VALMONT Na ja, als dieser Freund von dir den Rat jener

Freundin befolgt hatte, wurde er nachher wieder aufgenommen?

MERTEUIL Soll ich das so verstehen ...?

VALMONT Am Tag nach unserer letzten Zusammenkunft habe ich mit Madame de Tourvel gebrochen. Mit der Begründung, daß ich nichts dagegen tun könne.

Langsam breitet sich ein sehr befriedigtes Lächeln in Merteuils Gesicht aus.

MERTEUIL Das ist nicht wahr!

VALMONT Das ist wahr.

MERTEUIL Im Ernst?

VALMONT Bei meiner Ehre.

MERTEUIL Wunderbar. Ich hätte nie geglaubt, daß du das tun würdest.

VALMONT Es hatte keinen Sinn, es hinauszuschieben.

MERTEUIL Und trat die erwartete Wirkung ein?

VALMONT Sie lag hingestreckt, als ich ging. Am nächsten Tag ging ich wieder hin.

MERTEUIL Du bist noch einmal hin?

VALMONT Ja, aber sie weigerte sich, mich zu empfangen.

MERTEUIL Was du nicht sagst.

VALMONT Weitere Nachforschung ergab, daß sie sich in ein Kloster zurückgezogen hat.

MERTEUIL Schau mal einer an.

VALMONT Und dort ist sie immer noch. Ein sehr passendes Ende, wirklich. Es ist, als sei sie verwitwet.

Er denkt einen Augenblick darüber nach, dann wendet er sich vertrauensvoll an sie.

VALMONT Du hast mir andauernd vorgehalten, meine Reputation sei in Gefahr, und jetzt könnte vielleicht genau das mein dickstes Ruhmesblatt werden. Neue Maßstäbe setzen. Eine Herausforderung für jeden, der mit mir konkurrieren will. Nur eins könnte meinen Ruhm jetzt noch steigern.

MERTEUIL Und was ist das?

VALMONT Sie zurückgewinnen.

MERTEUIL Du glaubst, das könntest du?

VALMONT Ich wüßte nicht, warum nicht.

MERTEUIL Das kann ich dir sagen: wenn eine Frau einer anderen ins Herz zielt, dann trifft sie selten daneben; das ist jedesmal tödlich.

VALMONT Glaubst du?

MERTEUIL Ich weiß es. Ich wette, was du willst, daß du es nicht schaffst.

Teilweise ist der selbstzufriedene Ausdruck aus Valmonts Gesicht verschwunden.

MERTEUIL Bitte, auch ich möchte das als einen meiner größten Triumphe buchen.

VALMONT Nichts freut eine Frau so wie der Sieg über eine andere Frau.

MERTEUIL Nur, lieber Vicomte, es war nicht ein Sieg über sie.

VALMONT Aber sicher, warum nicht?

MERTEUIL Es war ein Sieg über dich.

Lange Stille. Die Angst kehrt in Valmonts Augen zurück. Er sieht sehr besorgt aus. Merteuil dagegen schien noch nie so heiter wie jetzt.

MERTEUIL Das ist das, was mich so amüsiert. Was mir wahrhaft Spaß macht.

VALMONT Du weißt nicht, was du redest.

MERTEUIL Du hast diese Frau geliebt, Vicomte. Ja, du liebst sie sogar jetzt noch. Total verzweifelt. Wenn du dich nicht so geniert hättest deswegen, wie hättest du sie dann so gemein behandeln können? Lächerlich zu sein, davor hast du am meisten Angst. Ein Beweis für meine These. Eitelkeit und Glück vertragen sich nicht.

Valmont ist erschüttert. Er muß sich sehr anstrengen, um weitersprechen zu können, seine Stimme ist etwas heiser von der Anstrengung.

VALMONT Was immer auch dran sein mag an diesen philosophischen Spekulationen, Tatsache ist, daß du jetzt ein Opfer bringen wirst.

MERTEUIL Ach, wirklich?

VALMONT Danceny muß gehen.

MERTEUIL Wohin?

VALMONT Ich habe schon zu lange Geduld gehabt mit deiner komischen Marotte, aber jetzt reicht es, und ich muß einfach verlangen, daß du Schluß machst.

Schweigen.

MERTEUIL Einer der Gründe, warum ich, trotz eines aufregend reichhaltigen Angebots, nicht mehr geheiratet habe, war der Entschluß, mich nie mehr herumkommandieren zu lassen. Ich beschloß, lieber zu lügen, wenn ich dazu Lust hatte als aus purer Not. Deshalb muß ich dich bitten, einen weniger ehemäßigen Ton zu wählen.

VALMONT Sie ist krank, verstehst du. Ich habe sie krank gemacht. Um deinetwillen. Also mach wenigstens Schluß mit diesem faden Jüngling.

MERTEUIL Dein Bedürfnis, Frauen zu tyrannisieren, müßte eigentlich für eine Zeit lang befriedigt sein.

Valmonts Gesicht verhärtet sich.

VALMONT Stimmt. Ich muß mich also ganz klar ausdrücken. Ich bin gekommen, über Nacht zu bleiben. Und ich werde es mir nicht gefallen lassen, abgewimmelt zu werden.

Merteuil schaut kurz zur Uhr auf ihrem Tisch.

MERTEUIL Tut mir leid. Ich habe anders disponiert.

In Valmonts Gesicht breitet sich eine harte Genugtuung aus.

VALMONT Oh. Ich wußte doch, da war etwas. Etwas, was ich dir sagen mußte. Etwas was damit zusammenhängt, es war mir entfallen.

MERTEUIL Was?

VALMONT Danceny kommt nicht. Heute abend nicht.

MERTEUIL Was heißt das? Woher weißt du das?

VALMONT Ich weiß es, weil ich es arrangiert habe, daß er die Nacht mit Cécile verbringt.

Er lächelt ihr bezaubernd zu.

VALMONT Jetzt fällt mir ein, er erwähnte, daß er hier erwartet werde. Aber als ich ihn dann schlicht vor die Wahl stellte, ich muß sagen, da zögerte er keine Sekunde. Für alle Fälle hatte ich Cécile einen Brief an ihn diktiert, aber, wie sich herausstellte, war diese Maßnahme total überflüssig. Er wußte, was er wollte.

MERTEUIL Und ich weiß jetzt, was du willst.

VALMONT Er kommt morgen hierher, um dir alles zu erklären und dir seine, wenn ich recht verstehe, ja, ich glaube, seine ewige Freundschaft anzubieten. Wie du sagst, er ist dir ganz und gar ergeben.

MERTEUIL Es reicht, Vicomte.

VALMONT Du hast wirklich recht. Gehen wir hinauf?

MERTEUIL Bitte was?

VALMONT Hinauf. Außer du ziehst dieses, wenn ich mich recht erinnere, dieses Martersofa vor.

MERTEUIL Jetzt solltest du gehen.

Schweigen.

VALMONT Nein. Das glaube ich nicht. Wir haben etwas vereinbart. Ich glaube, du hast mich jetzt lange genug ausgenützt.

MERTEUIL Du eignest dich so gut dazu.

VALMONT Vielleicht. Wart's ab. Also jetzt. Ja oder nein? Hängt von dir ab, natürlich. Ich will dich nicht nötigen. Deshalb beschränke ich mich auf diese Feststellung, daß ein Nein als Kriegserklärung angesehen werden wird. Also. Ein einziges Wort genügt.

MERTEUIL Stimmt.

Sie schaut ihn einen Moment lang ruhig an, daß er schon annehmen kann, sie habe sich entschieden. Aber das ist nicht der Fall. Jetzt erst folgt ihre Entscheidung, ruhig und unanfechtbar.

MERTEUIL Krieg.

Dunkel.

17.

Dämmerung eines nebligen Dezembermorgens im Bois de Vincennes. Auf der einen Seite der Bühne Danceny und ein Diener. Valmont wählt aus einem Degenkasten, den Azolan offen hin-

hält. Er wiegt zuerst den einen und dann den anderen in der Hand. Danceny wartet schon ungeduldig in Hemdsärmeln, den Degen in der Hand, von einem Fuß auf den anderen tretend. Schließlich, als Valmont offenbar zur Entscheidung fähig ist, kann sich Danceny nicht länger beherrschen.

DANCENY Es war wirklich keine Kunst, mich hereinzulegen, weil ich Ihnen vertraute, aber Sie werden schon sehen, hier draußen werden Ihnen Ihre Tricks wenig helfen.

Sein Diener schaut mißbilligend zu ihm hin, aber Valmont antwortet ruhig auf diese Verfehlung gegen die Etikette.

VALMONT Ich empfehle Ihnen, sparen Sie Ihre Kraft für das, was kommt.

Er wählt schließlich einen Degen und legt ihn auf den Boden, während Azolan ihm seinen Mantel abnimmt und ihm dann in einen schwarzen Handschuh hilft. Dann gehen Valmont und Danceny aufeinander zu und nehmen die en garde-Position ein. Auf ein Zeichen von Azolan beginnt das Duell, beide wild und entschlossen, Valmonts Geschick gegen Dancenys Angriffslust. Eine Zeitlang sind sie einander gleich, vielleicht daß Valmont ein bißchen gefährlicher wirkt. Dann gelingt es Danceny, eher durch Glück als durch gute Berechnung, Valmont irgendwo zu verwunden, aber nicht an seinem Fechtarm. Eine kleine Pause, dann, nach einer kurzen Beratung zwischen Valmont und Azolan, nehmen die Duellanten wieder die en garde-Position ein und fangen aufs neue an. Jetzt scheint Danceny die Initiative zu haben. Aus irgendeinem Grund – vielleicht hat es mit der Verwundung zu tun – scheint Valmont die Lust verloren zu haben oder sogar das Interesse, und einmal, als Danceny sich durch einen Angriff zu sehr hinreißen läßt und sich dadurch offenbar eine Blöße gibt, versäumt es Valmont, einen Vorteil zu schlagen aus dieser geradezu glänzenden Gelegenheit. Schließlich kommt es durch eine Unaufmerksamkeit Valmonts, die schon eher eine Nachlässigkeit ist, so weit, daß Danceny die Deckung Valmonts mit einem Stoß überwindet, der Valmont dicht unterm Herzen trifft. Einen Augenblick lang sind beide schockiert. Dann zieht Danceny seinen Degen zurück und Valmont taumelt ein paar Schritte auf ihn zu, bevor er, keuchend, zu Boden geht. Azolan eilt zu ihm, läßt sich auf ein Knie nieder, hebt Valmonts Kopf.

VALMONT Mir ist kalt.

Azolan rennt nach Valmonts Mantel, während Danceny sich an seinen Diener wendet.

DANCENY Hol den Arzt.

VALMONT Nein, nein.

DANCENY Tu, was ich sage.

Der Diener eilt weg, Azolan hüllt den Mantel um Valmont. Danceny steht allein, unschlüssig, so weit weg, daß Valmont sich deutlich anstrengen muß, um seine Stimme so sehr zu erheben, daß Danceny ihn wirklich hört.

VALMONT Eine Sekunde, bitte.

Danceny nähert sich widerwillig. Valmont versucht, sich auf einen Ellbogen zu stützen, Azolan kniet nieder, um ihm zu helfen.

VALMONT Nur noch das: Ein Rat, den Sie natürlich ablehnen können, aber er ist ehrlich gemeint. Und eine Bitte.

Er hält inne, ein wenig außer Atem.

DANCENY Bitte.

VALMONT Nehmen Sie sich in acht vor der Marquise de Merteuil.

DANCENY Erlauben Sie mir, daß ich, alles was Sie über sie zu sagen haben, mit Skepsis behandle.

VALMONT Trotzdem muß ich Ihnen sagen, in dieser Affäre sind wir beide ihre Kreaturen.

Danceny schaut ihn nachdenklich an, ohne gleich zu antworten.

DANCENY Und die Bitte?

VALMONT Versuchen Sie, Madame de Tourvel zu erreichen ...

DANCENY Soviel ich weiß, ist sie schwer krank.

VALMONT Deshalb ist es mir so wichtig. Bitte, sagen Sie ihr, ich kann nicht erklären, warum ich so mit ihr brach, aber seitdem sei mein Leben sinnlos geworden. Ich habe die Klinge tiefer hineingestoßen als Sie junger Mann. Bitte, helfen Sie mir, sie herauszuziehen. Sagen Sie Madame de Tourvel, für sie sei es ein Glück, daß ich weg bin, und ich sei froh, daß ich nicht ohne sie leben muß. Sagen Sie ihr, ihre Liebe sei das einzige wirkliche Glück, das ich je erlebt habe.

DANCENY Ich sag' es ihr.

VALMONT Danke.

Die Stille wird immer wieder kurz durch Vogelgezwitscher unterbrochen. Danceny, plötzlich überwältigt, wischt sich eine Träne ab. Azolan sieht das und zeigt seine Entrüstung.

AZOLAN Das nützt was, jetzt.

VALMONT Laß ihn. Er hatte guten Grund, was man, glaube ich, von mir nicht sagen kann.

Er hebt seine Hand zu Danceny hin: aber das strengt ihn so sehr an, daß seine Hand zurückfällt, bevor Danceny sie ergreifen kann. Er ist tot.

18.

Sylvesterabend. Wieder spielen drei Damen Karten im Salon von Madame de Merteuils Stadtpalais. Diesmal: Merteuil selber, Madame de Volanges und Madame de Rosemonde, letztere in Trauer. Eine Zeitlang wird schweigend gespielt, bis Madame Rosemonde dran wäre, die jedoch in Gedanken verloren in eine andere Richtung schaut und sich nicht mehr auf das Spiel konzentriert. Merteuil räuspert sich diskret, das bleibt ohne Wirkung. Schließlich beugt sich Madame de Volanges vor und berührt Madame de Rosemonde am Ellbogen.

VOLANGES Madame.

Madame de Rosemonde kommt mit einem Ruck zur Besinnung.

ROSEMONDE Verzeiht. In meinem Alter dürfte man doch wohl erwarten, vor persönlichen Tragödien sicher zu sein. Und jetzt gleich zwei innerhalb von wenigen Tagen ...

MERTEUIL Gewiß, Madame.

VOLANGES Ich dachte gerade daran: als Sie das letztemal in Paris waren, vor einem Jahr, erinnern Sie sich, worüber wir sprachen? Wir versuchten herauszubringen, wer die glücklichste und beneidenswerteste Person sei, die wir kennten, und wir fanden beide, es sei Madame de Tourvel.

MERTEUIL Sie waren doch bei ihr, als sie starb?

VOLANGES Ich war bei ihr von dem Tag an, als sie ins Kloster flüchtete. Diese entsetzlichen Eindrücke werde ich nicht mehr vergessen. Als sie immer wieder die Binden wegriß, nachdem man sie zur Ader gelassen hatte. Das Delirium und die Krämpfe. Wie sie dahinsiechte.

Merteuil hört zu, ihre eingeübte Ausdruckslosigkeit funktioniert perfekt, lediglich die Augen glänzen vor Zufriedenheit; Madame de Volanges schüttelt den Kopf, fährt fort.

VOLANGES Trotzdem, ich glaube, sie hätte sich erholt, wenn dieser unglückselige junge Mann es nicht doch noch geschafft hätte, ihr zu überbringen, daß Ihr Neffe, der Vicomte, tot sei. Danach erlosch einfach ihr Lebenswille. Offensichtlich gelang es dem Vicomte noch, bevor er starb, Danceny davon zu überzeugen, daß Madame de Tourvel die einzige Frau sei, die er je geliebt habe.

MERTEUIL Es reicht!

Alle, sogar Merteuil selber, sind bestürzt über die Schärfe dieser unfreiwilligen Äußerung. Merteuil beeilt sich, diesen Riß zu vertuschen, indem sie eine ruhige Erklärung an Madame de Volanges hinzufügt.

MERTEUIL Ich glaube, wir sollten das Zartgefühl unseres Freundes richtig einschätzen.

ROSEMONDE Aber nein, ich bin ganz sicher, das war die Wahrheit.

MERTEUIL Gut, vielleicht, das werden wir nie erfahren...

Ihre Stimme zittert, wie sonst nie. Sie strengt sich an, ihre normale Selbstbeherrschung wiederzugewinnen und wechselt das Thema.

MERTEUIL Und was gibts Neues von Ihrer Tochter?

VOLANGES Sie will offenbar unerbittlich sein. Ich habe an alles in ihr appelliert, ich habe plädiert, aber das hat sie kein bißchen gerührt. Ich brauche Ihren Rat, meine Lieben. Monsieur de Gercourt kann jetzt jeden Tag zurückkommen. Fällt Ihnen etwas ein? Muß ich wirklich eine derart günstige Partie verloren geben?

MERTEUIL Aber nein, niemals.

ROSEMONDE Ich fürchte doch.

VOLANGES Aber warum?

ROSEMONDE Fragen Sie lieber nicht.

MERTEUIL Ich finde, Sie müssen schon mit einem Grund heraus, Madame, wenn Sie von unserer Freundin verlangen, auf eine so glänzende Zukunft zu verzichten.

Ihr Kampfgeist ist wieder zurück, ihre Stimme ist so scharf und entschlossen wie immer.

VOLANGES Um es offen zu sagen, Madame, ich würde Cécile lieber mit Danceny verheiraten, trotz seiner üblen Tat, als das einzige Kind dem Kloster zu überlassen.

ROSEMONDE Nun ja, ich habe Nachricht von Danceny, er schrieb mir einen eigenartigen Brief. Aus Malta.

VOLANGES Ach, dahin ist er geflohen?

Schweigen. Merteuil überdenkt schnell, was Madame de Rosemonde gesagt hat. Dann wendet sie sich an Madame de Volanges.

MERTEUIL Wenn ich mir's recht überlege, sollte man am besten alles Madames Weisheit und Erfahrung anheimstellen. Vielleicht sollten Sie Cécile im Kloster lassen.

VOLANGES Aber warum?

Schweigen. Niemand scheint etwas hinzufügen zu wollen. Madame de Volanges' Frage steht im Raum. Schließlich sagt Merteuil mit ihrer üblichen Autorität.

MERTEUIL Das waren ein paar schlimme Wochen. Aber die Zeit vergeht so schnell. Morgen, ein neues Jahr, und schon sind die Achtziger mehr als halb vorbei. Ich hatte immer Angst vor dem Altwerden, aber jetzt vertrau ich auf Gott und sage Ja dazu. Ich wage zu sagen, wir dürfen uns auf die Neunziger freuen, egal was sie bringen. Inzwischen, meine ich, ist es das beste, wir machen weiter mit unserem Spiel.

Ihre Worte scheinen eine beruhigende Wirkung auf ihre Gefährtinnen zu haben: tatsächlich setzen sie ihr Spiel fort. Die Stimmung ist abgeklärt. Das Licht verblaßt sehr langsam, aber kurz bevor es ganz erlischt, erscheint an der Rückwand flüchtig aber scharf, die unverkennbare Silhouette der Guillotine.

ENDE